Le monde selon
ALBERT
Einstein

Brigitte Kernel

Le monde selon ALBERT Einstein

Flammarion jeunesse

87, quai Panhard et Levassor – 75647 Paris Cedex 13
ISBN : 978-2-0815-2004-2

À mon ami, mon neveu de cœur, Zacharie Fauchoux,
pour son douzième anniversaire

$a^3/t^2 = \text{constante}$

$\sin^2(\alpha) + \cos^3(\alpha) = 1$

$\lim \frac{\Delta p}{\Delta t} = F$

$= \frac{s}{t}$

1

ALBERT, C'EST MOI !

$\lambda 0 = c/\nu$

$T = mg\cos\alpha$

$O + O$

$=$

Je m'appelle Albert Einstein. J'ai 9 ans ¾ depuis 3 jours, 5 heures et 46 minutes. Je suis né le 7 mars 1879 à Ulm en Allemagne, un pays où les hivers sont rudes. Parfois, la neige est si haute dans le coin qu'elle bloque les portes des maisons à plus de 4 mètres de hauteur. On ne peut plus sortir. Alors les hommes passent par les fenêtres pour aller la dégager à la pelle. Ils libèrent les issues. Puis ils réalisent des allées pour qu'on réussisse à se déplacer d'un quartier à l'autre. Et on ferme les volets afin de garder la chaleur bien à l'abri derrière les murs des appartements. C'est magnifique, la neige, quand elle devient bleue sous le soleil.

Mes parents se prénomment Pauline et Hermann. Ils sont si beaux, tous les deux, que tout le monde dit qu'ils forment un couple gracieux.

Mon père dirige une entreprise de matériel électrique, maman l'aide quand il a trop de travail. Elle fait les comptes avec lui en fin de mois. J'adore les voir remplir des colonnes de chiffres, le soir, sous l'ampoule qui tombe comme une araignée au-dessus de la table de cuisine. Je voudrais bien participer, calculer avec eux, mais ils répliquent à chacune de mes tentatives : « Ce n'est pas une affaire d'enfant, Albert, va te coucher au lieu de traîner autour de nous ! »

Si ma mère parle beaucoup, presque trop, papa est avare de mots. C'est un grand silencieux. Quand il rentre du travail, elle lui demande toujours : « Alors, tu as passé une bonne journée, Hermann ? » Il hoche la tête : « Oui, oui. »

Elle insiste : « Tu as bien aimé ce que je t'avais préparé dans ta cantine, mon chéri ? » « Oui, oui », fait papa. Rien de plus, rien de moins. C'est à peine si on l'entend.

Pourtant, il apprécie les déjeuners qu'elle lui concocte. Je le devine au léger sourire qui naît au coin de ses lèvres et de ses yeux au moment où elle lui pose cette question.

Parfois, les gens n'ont pas besoin de parler, leurs expressions racontent à elles seules ce qu'ils ressentent. J'ai appris ça en observant papa. Du coup, je ne lui en veux plus d'être aussi muet. Mais il m'a fallu du temps pour comprendre.

C'est plus facile de saisir les choses à peine visibles quand on grandit. Il faudrait toujours prendre le temps de scruter avec bienveillance les gens avant de les critiquer ou de les condamner. On est souvent trop pressés.

Chaque matin, je vois ma maman placer avec tendresse et soin le déjeuner de mon père dans les trois compartiments de sa cantine. C'est une boîte en fer avec des casiers séparés, deux petits et un grand. L'un, de 6 centimètres sur 6, est réservé à l'entrée, une salade ou un pâté. Le second, le plus long, de 20 centimètres sur 6, est pour le repas principal, généralement de la viande et des pommes de terre. Le troisième, c'est la surprise ! Il contient une part de gâteau, trois biscuits ou de la crème caramel.

Papa ne finit jamais son dessert. C'est moi qui l'engloutis car je suis très gourmand. C'est notre secret.

Je suis sûr qu'il se prive, rien que pour me voir heureux. J'aime bien cette complicité d'homme à homme.

Si maman l'apprenait, elle agiterait sa tête dans tous les sens et pointerait son index furieux vers moi : « Tu dois arrêter de manger du sucre, Albert, tu as déjà du ventre à ton âge ! Tu vas finir par ressembler à une boule ! »

Elle me trouve gros. « Albert, tu dois maigrir pour être en bonne santé ! Il faut que tu te secoues sinon tu vas devenir une limace molle ! »

Elle jure aussi que j'ai la tête carrée : « Tu n'es pas arrangé côté beauté, mon pauvre Albert ! »

Les mots, quand ils sont affûtés, c'est blessant comme des couteaux.

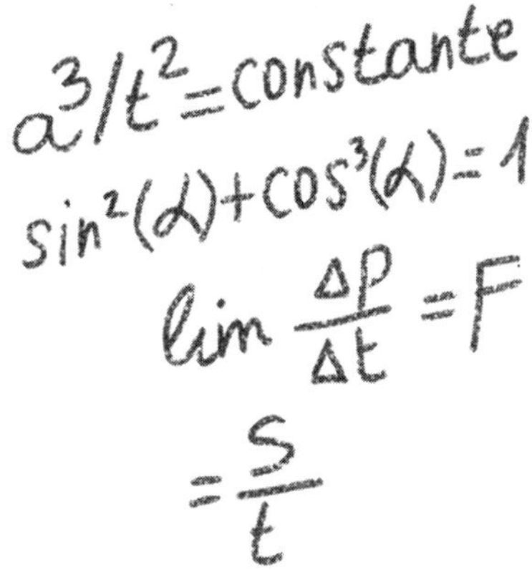

2

AÏE ! À 9 ANS, JE N'ARRIVE TOUJOURS PAS À PARLER !

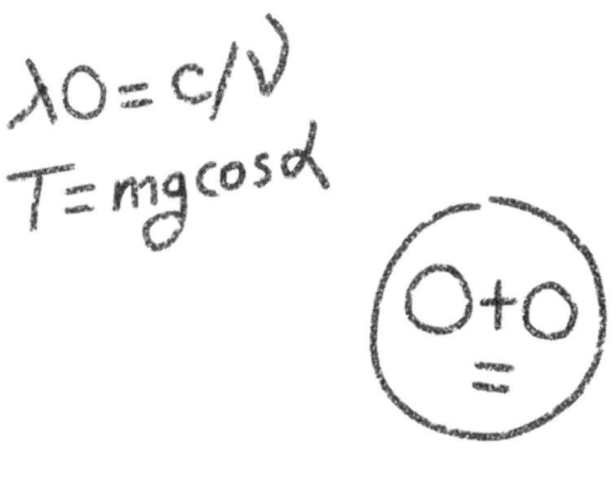

Je n'y peux rien si je hais le sport. Le football me coupe le souffle, le cheval d'arçons me fait mal aux bras, et monter à la corde est terrible car je ne parviens pas à grimper plus de quinze centimètres.

Je préfère apprendre à jouer du piano. Ce sont de beaux moments car là, maman devient tout à coup patiente avec moi, et même douce. Souvent alors, elle pose sa main droite sur mon crâne et me caresse les cheveux. C'est vrai, quand ça touche à la musique, elle est d'un calme incroyable et m'encourage. Elle applaudit même parfois à la fin du morceau que j'ai interprété.

Je rêve également de leçons de violon. Maman a dit : « Dans l'ordre, Albert, on fait les choses dans l'ordre ! »

Ce que j'adore aussi dans la vie, c'est jouer assis par terre avec des branchages et imaginer des constructions : des tabourets, des chaises, des tables. La menuiserie est mon bonheur, il faut réussir à faire tenir droit les planches, aménager les angles. J'aime ce qui ne dégringole pas.

Autre chose que je déteste tout autant que le sport : débarrasser la table après le repas. Quant à essuyer la vaisselle, je ne suis pas doué. Pas une semaine sans que je casse des assiettes ou des verres. La voix de maman devient stridente dans ces cas-là :

— Oh, Albert ! Mais, bon sang, où as-tu la tête pour être aussi maladroit ? Ça fait trois assiettes en une semaine ! Tu sais ce que ça coûte ?

— Pardon, maman, je vais faire attention.

— Qu'est-ce que tu dis, Albert ?

— Pardon ! Je vais faire plus attention, pardon !

— Oh, Albert, je ne comprends rien à ton charabia mais pour cette fois, je passe l'éponge. À ta prochaine étourderie, tu seras privé de livres pendant un mois !

Elle s'énerve car elle ne comprend pas ce que je lui raconte. Mes phrases ne réussissent jamais à sortir d'un coup. Ce n'est pas de ma faute : dès qu'il s'agit de m'exprimer devant quelqu'un, c'est la catastrophe ! Les syllabes s'embrouillent et se heurtent au niveau de mes cordes vocales.

C'est terrible d'articuler aussi mal. J'ai l'impression d'être un pantin à la mâchoire distendue.

Pourtant, dans ma tête, qu'est-ce que je parle bien ! Mes pensées jonglent et déboulent à toute vitesse. Mais les mots, eux, se coincent dans le terrier qu'est ma gorge comme des renardeaux terrorisés par la lumière. Les sons surgissent par à-coups, en un tremblement de gorge qu'on peut comparer à un tremblement de terre.

Ce qui réussit à venir se résume au final à un assemblage hirsute de consonnes et de voyelles qui se brisent en syllabes séparées et cafouillent à la façon d'un cylindre rayé.

Et quand on insiste : « Répète, Albert, répète, je ne comprends pas », c'est encore pire. Je me mets à trembler. La colère inonde d'un coup mon crâne, mes mains, mes jambes. Je n'arrive pas à retenir ma rage. Je tape autour de moi, à coups de poing, à coups de pied.

L'autre jour, par exemple, mon oncle Jacob m'a demandé comment j'allais. Et puisque je ne réussissais pas à répondre quelque chose de compréhensible, je me suis mis à hoqueter puis j'ai pleuré. Enfin, désespéré par moi-même, je me suis couché par terre. Soudain violent, j'ai frappé et frappé encore le plancher avec mes coudes et mes genoux.

J'en veux à la terre entière quand je suis aussi furieux. J'ai l'impression d'être un incapable.

Dans ces moments-là, maman hurle : « Tu as l'air d'un fou, Albert ! Cesse de te donner en spectacle ! Trois crises en une semaine, c'est trop ! »

J'ai honte car je parle moins bien que ma petite sœur Maja qui a deux ans de moins que moi. Maja, elle, caquette comme un oiseau blondinet joyeux à longueur de journée.

Elle et moi, on n'a pas besoin de discuter. Il suffit qu'on se regarde, même de loin, et on rit.

Maja est différente de moi. Elle adore se mélanger. Je l'observe pendant des heures, en silence, sans qu'elle me voie.

Elle a des amies qui viennent s'amuser avec elle à la maison. Je les entends qui s'exclament, chantent ou rient de bon cœur dans le salon ou la cour de l'immeuble. Comme le font les élèves de l'école, les voisins, les enfants des amis de mes parents. J'aime les gens mais pas leurs bruits.

C'est étrange d'avoir besoin de compagnie. On est si bien tout seul.

$a^3/t^2 = \text{constante}$

$\sin^2(\alpha) + \cos^3(\alpha) = 1$

$\lim \frac{\Delta p}{\Delta t} = F$

$= \frac{s}{t}$

3

J'AIME AUTANT LES CHIFFRES QUE LE SUCRE !

$\lambda 0 = c/V$

$T = mg\cos\alpha$

$0 + 0 =$

Être « privé de livres » est la pire des choses. Toujours la même menace dans la bouche de ma mère. Je préfère encore être puni en n'ayant plus jamais de dessert. De toute façon, ce que j'aime par-dessus tout, c'est rester sur ma chaise devant mon bureau avec quelque chose à étudier. La présence d'un bon gros volume plein de connaissances me fait du bien. Surtout quand il s'agit de calcul et de géométrie.

Rien n'est plus amusant que de jouer avec les chiffres. Je me sens comme sur un nuage tout doux quand je m'amuse à résoudre des équations et des exercices difficiles. Mes doigts deviennent plus vifs que jamais. Pas de mollesse ou de maladresse à ce moment-là. Index, pouces et majeurs tournent les pages pendant des heures, sans ressentir aucune fatigue. Ils suivent les lignes avec gourmandise. Ce sont de grands athlètes, de vrais sportifs eux, qui mériteraient de monter sur des podiums.

Sauter la tête la première entre les pages d'un manuel, c'est comme plonger dans la mer et dans les vagues, ressentir des sensations fraîches ou chaudes, se laisser flotter tranquille ou lutter contre la difficulté d'un courant. C'est paisible et compliqué à la fois, selon l'exercice qu'on y fait.

On s'y baigne pendant des heures, et c'est si agréable quand on peut grignoter en même temps.

Car, je l'avoue : je vole du sucre dans le buffet de la cuisine. Bien sûr, ça fait grossir mon ventre. Heureusement, Grand-mère est toujours là pour me rassurer : « Tu sais, Albert, un petit bedon rondouillard, ça n'a jamais fait de mal à personne. »

— Albert, c'est quoi ce bruit de petite souris qui mastique ? Ne me dis pas que tu manges encore ! lance maman quand elle me surprend.

— Juste une pomme, maman, je l'ai trouvée dans le champ en face.

— Je ne comprends pas ce que tu dis, Albert, articule, nom d'un chien !

Elle hausse les épaules et fronce les sourcils comme s'ils étaient deux oiseaux noirs.

Je reprends, je répète.

Mais à nouveau, les mots butent bêtement telles des billes, les uns contre les autres.

Là, à tous les coups, ma mère pose sa main sur son front, l'air triste et sinistre.

Je hais cette impression d'être nul que me renvoie son visage.

Quand elle ne saisit pas ce que j'essaie de raconter, la peau de ma maman paraît plus blanche que jamais, aussi transparente que du papier calque. Je vois battre les fines veines bleues de ses tempes. Je l'angoisse.

Alors, j'ai si honte que je bafouille et m'emmêle encore plus.

C'est terrible de se sentir aussi idiot alors qu'on ne l'est pas.

Parce que je ne le suis pas ! Au contraire. Je suis fort en mathématiques. Je sais résoudre des équations bien supérieures à celles que le maître nous enseigne à l'école.

Pour le reste, c'est vrai, j'ai 0, 1 ou 2 sur 10 en géographie, histoire, rédaction, allemand...

Ces matières m'ennuient.

Mes camarades de classe se moquent, racontent toutes sortes d'horreurs sur moi :

Que je suis « bête à manger du foin ».

Que je ne suis pas normal.

Que je suis handicapé du cerveau.

Que je suis emprisonné dans ma tête et que je ne veux faire aucun effort pour en sortir.

Ils ricanent aussi :

« Albert est le plus nul des nuls. »

« Albert est vilain avec son ventre d'éléphant et sa tête carrée. »

« Albert, ne l'approchez pas, il sent le vomi. »

J'en entends de ces méchancetés ! Tout ce qui peut être colporté sur moi me fait mal. Parfois j'en suffoque et c'est difficile alors de reprendre ma respiration. Mon corps ne supporte plus ces critiques émises par ces langues de vipère.

Grand-père dit souvent : « Il faut toujours se remettre en question. Ce qui arrive dans la vie n'est pas systématiquement de la faute des autres. »

Il faut donc que je m'interroge : et si c'était de ma faute ? Et si mes camarades ne m'aimaient pas à cause de mon attitude ? Car, je dois l'avouer : je m'éloigne dès que l'un d'eux m'approche. Je fuis, je me réfugie dans mes pensées. Peut-être que c'est perçu comme un mépris ou une méchanceté de ma part...

J'ai beaucoup de difficultés à me mélanger avec les autres garçons de l'école.

Je préfère rester tout seul à imaginer des choses.

Par exemple, quelle pourrait être la distance entre :

- une étoile et une autre ?
- un point de la casserole de la Grande Ourse et un point du manche de la Petite Ourse ?
- les différentes épaisseurs de la Voie lactée ?

Et la circonférence de la Terre selon les époques, est-elle toujours la même ?

Elle doit différer puisqu'il y a des volcans qui augmentent la hauteur du sol dans certains pays et des trous immenses qui se creusent dans d'autres endroits à cause de l'affaissement naturel des sols.

J'ai besoin de m'occuper sinon je m'ennuie.

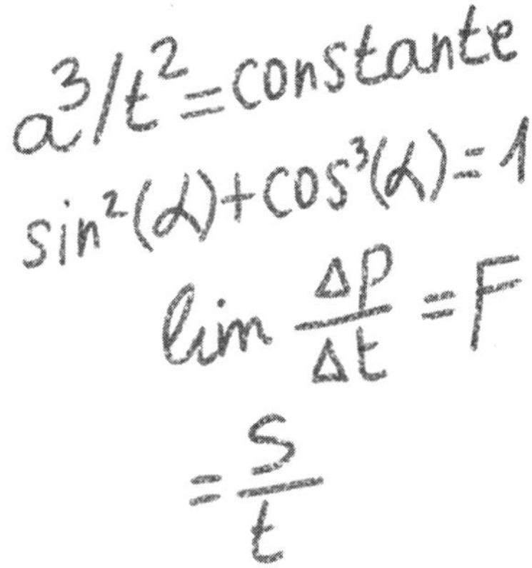

4

POURQUOI JE DIS TOUJOURS « POURQUOI » ?

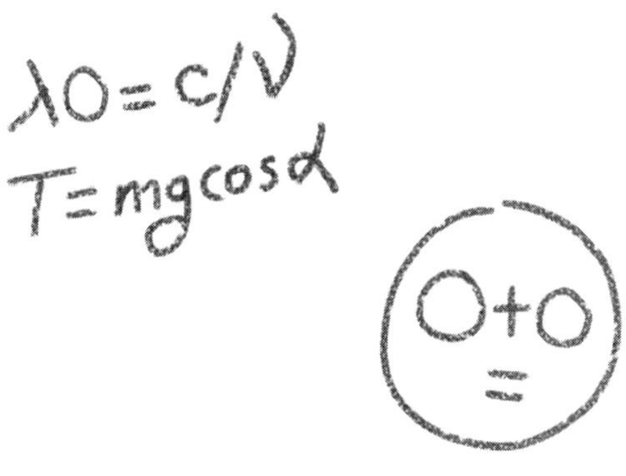

Papa perçoit mieux que maman ce que je dis. Peut-être parce qu'il prend le temps de me faire répéter sans s'agacer. C'est un homme tendre sous ses dehors froids.

Grand-mère Helen affirme qu'il est moins doux que grand-père Abraham : « Ils ne se ressemblent pas du tout ces deux-là. Pas comme toi, Albert, qui a beaucoup pris de Abraham. »

Rien de plus normal que papa passe pour un individu peu aimable. Ses yeux sont durs et sa bouche est pincée. De quoi faire déguerpir tous les cambrioleurs de la terre tant son air de croquemort fait peur.

Mais en réalité, il est timide et plein d'amour. Simplement, il ne sait pas le montrer. Surtout en hiver « où ton paternel est plus sombre que jamais », dit Grand-mère. « Il a toujours été comme ça, même enfant, dès qu'il commençait à faire froid, il ne souriait plus et se renfrognait. »

Ainsi, l'été, quand le coucher de soleil pointe le bout de son nez et que des nappes de couleurs pourpres et orangées s'étendent dans l'horizon, son visage se détend et ses yeux se tournent vers le ciel. Il se met à parler un peu plus. C'est comme si des dizaines de fenêtres s'ouvraient soudain en lui. Comme si la lumière entrait à l'intérieur d'un château fort trop longtemps fermé. Dans ces moments-là, il me prend par l'épaule et me raconte des choses qui font rêver.

J'ignorais que les saisons influençaient les mouvements du caractère et pouvaient éloigner la tristesse. J'aimerais bien comprendre pourquoi.

Oui, je sais, je ne cesse de prononcer ces deux syllabes : pour-quoi.

Je voudrais bien comprendre... pourquoi... je ne cesse de vouloir savoir pourquoi.

C'est comme une obsession, tous ces points d'interrogation dans ma tête.

Et une obsession, on le sait bien, ça colle au cerveau comme des fils de caramel chaud.

Quand mon père sourit, ses yeux se troublent. On dirait des petits lacs balayés par un vent doux. Surtout quand il évoque ses souvenirs d'enfance.

Ainsi, la semaine dernière, il a murmuré au moment où il me bordait dans mon lit : « Caspar, ton grand-père, me gardait aussi son dessert en cachette de ma mère. »

Papa fait donc pareil que grand-père Abraham.

Du coup, je me demande si on reproduit toujours le bonheur qu'on nous a donné ?

Caspar avait-il lui aussi un père qui lui gardait ses desserts ?

Il faudra que j'enquête.

$a^3/t^2 = \text{constante}$

$\sin^2(\alpha) + \cos^3(\alpha) = 1$

$\lim \frac{\Delta p}{\Delta t} = F$

$= \frac{s}{t}$

5

J'AI FAIT UNE NOUVELLE BÊTISE !

$\lambda 0 = c/\nu$

$T = mg\cos\alpha$

J'ai encore fait une bêtise. Pire que de casser une assiette ou un verre, pire que de mentir à mes parents, pire que de voler des bonbons dans la boîte en métal de Grand-mère.

Il était cinq heures du matin. Je me suis réveillé avant tout le monde. J'avais faim, parce que j'avais refusé de finir mon assiette d'épinards la veille au soir et que j'avais été privé de dessert.

Je me suis levé sans faire de bruit, et j'ai filé à la cuisine sans prendre le temps de mettre des chaussons. Le carrelage était glacé mais je m'en fichais.

Ce que je voulais, c'était cette part de gâteau recouvert de chocolat en poudre dont je n'avais pas pu me régaler la veille. La pâtisserie que maman réussit le mieux !

La forêt noire était posée sur un plat en porcelaine dans le buffet.

J'ai actionné le petit loquet en me jurant de ne prendre qu'une petite part. J'ai tendu la main.

Il faisait noir dans la pièce et il ne fallait rien allumer sinon mes parents risquaient de me surprendre, car la porte de leur chambre mal fermée donnait sur la cuisine.

À pleines mains, j'ai saisi le gâteau pour le faire glisser vers moi. Mais il s'est cassé pile dans ma main droite. Vite, il fallait avancer ma paume gauche pour empêcher qu'il ne s'échoue complètement par terre.

Mon front était moite de transpiration et ma respiration s'accélérait sous l'effet de la peur. Impossible de maintenir le dessert à plat. Déjà toute la crème dégoulinait sur la paroi de la porte ouverte du buffet.

J'allais avoir un vrai gros immense catastrophique problème avec ma mère. Sans doute serais-je privé de mes livres et de sorties pendant une semaine. Peut-être même trois ou quatre, comme le jour où j'avais voulu me jeter par la fenêtre parce ma sœur avait reçu de tata Violette un œuf en chocolat plus gros que le mien.

À ce moment, j'ai frémi. J'entendais le parquet de la chambre de mes parents grincer. Et ces mots agités de papa : « Qu'est-ce qui se passe à côté ? »

Tétanisé, j'ai abandonné le gâteau, je l'ai laissé dégringoler sur le carrelage et vite, en trois secondes à peine, j'ai rejoint mon lit. Je m'y suis réfugié et j'ai feint de dormir. J'ai même fait semblant de ronfler.

Yeux clos, j'attendais et je serrais les dents.

Serais-je soupçonné ?

Deux minutes plus tard, j'entendais papa crier : « Encore un fichu chat errant qui est entré dans la cuisine ! Pauline, tu avais mal fermé la porte du buffet, ta pâtisserie est par terre, il y a de la crème partout ! »

Je ne l'avais pas vue.

Ma petite sœur, dans l'embrasure de la chambre, me regardait, debout dans sa chemise de nuit.

Les deux mains plaquées sur ses lèvres, elle retenait un fou rire.

J'ai tenté un signe pour qu'elle file rejoindre son oreiller, mais plus je m'agitais en lui indiquant du doigt : « File, file et chut ! » plus elle était pliée en deux. Vraiment, ce n'était pas drôle ! Si elle continuait, on se ferait disputer tous les deux.

Le temps s'était figé. Je retenais ma respiration quand un cri a percé le silence. C'était Maja. Elle geignait : « Mais non, ce n'est pas moi ! C'est Albert, le coupable ! »

Maman venait de la surprendre dans le couloir et elle me dénonçait pour ne pas être punie ! Ah la garce ! Ma petite sœur réattaquait : « C'est Albert qui s'est levé pour prendre sa part de gâteau en cachette, pas moi, je le jure ! »

Ma mère a claqué une porte, je ne sais pas laquelle. Elle a articulé avec fermeté : « Albert est un sale gosse ! »

J'ai essayé de crier, roi des menteurs que je suis, « Je n'ai rien fait ! Je n'ai rien fait de mal ».

Mais évidemment, mes exclamations sont restées prisonnières de mes cordes vocales.

Comment Maja avait-elle pu me trahir ?

J'ai serré les mâchoires. Puis j'ai hurlé : « Ce n'est pas moi, ce n'est pas moi, c'est un des chats errants du quartier ! »

Tout à coup, comme toujours quand je suis furieux, je n'ai pas pu me retenir, je me suis jeté sur le plancher et j'ai pleuré. Je reniflais, je hoquetais. Et j'ai frappé le sol avec mes mains et mes talons en balançant des cris de cochon furieux.

Ma mère s'est précipitée à grands pas vers moi. Son visage paraissait s'être allongé tant ses traits étaient tirés. « Je suis fatiguée de toi, Albert ! Arrête tout de suite cette comédie, mon garçon ! Il n'y a décidément que quand tu joues du piano que tu es sage ! » a-t-elle articulé avec fermeté.

Elle s'est baissée pour m'attraper. Je me suis écarté mais elle a réussi à me saisir et à me soulever.

Mes pieds battaient dans le vide.

Enfin, dans un mouvement rapide et puissant, ses bras m'ont entouré telle une ceinture. Ils se sont raidis, solides. Impossible de me dégager. Elle balançait des mots qui ressemblaient à des bombes : « Je n'en peux plus de tes crises de colère, Albert, je n'en peux plus ! » Je me suis contorsionné de toutes mes forces pour échapper à son emprise.

Mais impossible, elle est forte et musclée, ma mère.

Résultat : pas de livres pendant quinze jours ! C'est plus dur que d'aller en enfer.

« Tu es un volcan de colère intérieure », répète ma mère depuis ce jour. Et Grand-mère, Grand-père, papa et mon oncle Jacob appuient ses paroles : « Albert, c'est vrai ! »

Ils ont raison.

Si on me contrarie, c'est l'éruption.

$a^3/t^2 = \text{constante}$

$\sin^2(\alpha) + \cos^3(\alpha) = 1$

$\lim \frac{\Delta p}{\Delta t} = F$

$= \frac{s}{t}$

6

CE QUI ME PLAIT, C'EST QUAND ON M'EXPLIQUE LES CHOSES !

$\lambda 0 = c/\nu$

$T = mg\cos\alpha$

Hier soir, alors que je venais de jouer *La Sonate à Kreutzer* et de refermer le piano, papa m'a fait signe de venir sur ses genoux.

— Tu es un bon musicien, Albert ? Ta maman t'apprend bien ?

— Elle est gentille avec moi quand elle me donne un cours de musique.

— Elle est toujours gentille !

— C'est que je l'énerve souvent.

— Ne t'inquiète pas, ça passera... Le soir, elle est désolée de l'avoir fait et elle me le dit.

— Et pourquoi elle ne me le dit pas à moi ?

— Parce qu'elle ne sait plus comment se rattraper... Elle a un peu honte de ses explosions. Mais c'est une femme si bonne, tu sais...

— Surtout quand nous faisons de la musique.

— Allez, parlons d'autre chose... Je vais te raconter une histoire, Albert. Sais-tu ce qui s'est passé le soir de ta naissance ?

— Non.

Pour une fois, mon père n'était pas silencieux. Ça lui arrive de plus en plus depuis un certain temps. Tant mieux. On dirait alors que des vannes s'ouvrent en lui. Mais bon, c'est pas souvent, il a dit :

« Eh bien, le jour de ta naissance, un aigle royal a tourné quelques minutes au-dessus du terrain vague qui fait face à notre immeuble. Il visait une proie en dessous et ne la quittait pas de ses yeux noirs comme de la suie. Un autre volatile l'a rejoint et a commencé à tournoyer avec lui. Il était de la même race mais encore plus gros, et ses ailes incroyablement grandes projetaient une immense ombre sur le sol.

« À cet instant, tandis que tu poussais ton premier cri dans la chambre de l'appartement où ta mère venait de te donner le jour, le plus épais des deux rapaces a piqué, pattes et serres en avant, vers un tout petit chat perdu traînant sur le terrain boueux. Un chaton blanc maigrelet, au museau rose pâle et qui tremblait de peur. »

Papa a continué : « Le rapace n'a pas réussi à le saisir, Albert. Ses griffes l'ont à peine effleuré. Plus de peur que de mal. »

Pauvre minuscule matou, il devait être affolé ! Comment ne pas avoir peur du bec pointu d'un aigle si puissant ?

Un chaton de trois mois aux yeux couleur de blé quand le blé est gorgé du soleil d'été, c'est fragile, il ne sait pas encore se protéger des attaquants.

Ma famille l'a tout de suite adopté. Et le petit miauleur a été aussitôt baptisé Chaussette. Normal quand on a l'extrémité des quatre pattes noire et tout le reste du corps blanc.

« Tu vois, Chaussette a été sauvé au moment où tu as vu le jour, Albert, c'est un bon signe ! Peut-être que toi aussi dans ta vie, rien ne réussira à te faire du mal ! »

Je veux bien qu'on voie les choses comme ça, mais ça s'appelle une prédiction. Et les prédictions ne valent rien puisqu'elles sont impossibles à prouver.

Il ne faut pas croire n'importe quoi.

Je ne pense pas une seconde que ces choses-là soient possibles. Je ne crois qu'aux choses vraies et vérifiables, comme 2 et 2 font 4, 3 fois 6 égale 18 ou : quand on ouvre une fenêtre, l'air s'y engouffre et le pollen des fleurs aussi quand arrive le printemps. Et non pas les esprits des morts comme l'imagine Grand-mère.

« Mais enfin, papa, comment tu peux dire ça alors que c'est une superstition ! On ne peut même pas parier avec un copain que ça se réalise puisque c'est invraisemblable ! »

J'aurais voulu dire ça, discuter avec lui, débattre même car je suis le roi pour argumenter. Mais aucun son n'est sorti. Comme d'habitude.

Que voulait dire papa ? Que j'avais de la chance ? Mais non, je n'ai que des problèmes avec mon histoire de langage.

« Un vrai problème qui va lui apporter de sacrées contrariétés toute sa vie », a dit le maître d'école, monsieur Kellerlin. « Votre fils souffre de dyslexie. Heureusement qu'il sait s'exprimer par écrit car il ne parle pas, il bégaie, et encore, c'est beaucoup dire ! Il essaie de bégayer et même ça, c'est compliqué pour lui. »

Grand-mère s'est mise à geindre : « Pourquoi ce malheur ? Il ne trouvera pas de travail ! »

Elle va tous les jours au cimetière parler à sa sœur morte. J'espère qu'elle ne lui confiera jamais mon handicap.

J'ai voulu la consoler en me blottissant contre elle. Son tablier à fleurs sentait l'ail, je déteste l'ail, surtout quand il est cuisiné avec les escargots. Mais je me suis forcé à rester la tête sur son tablier. Je n'allais tout de même pas la fuir à cause de l'odeur du diable.

J'ai bredouillé : « Arrête de penser que je ne m'exprime pas, je bute seulement sur les mots, c'est tout, et ça va s'arranger, ça va s'arranger, je te le jure, je suis juste différent des autres enfants. »

C'est vrai, je ne suis pas pareil. Je discute beaucoup plus qu'eux dans ma tête. Ça va à toute vitesse, plus rapidement que dix étoiles filantes dans le ciel du mois d'août au-dessus du Rhin !

Grand-mère n'a rien compris à ce que je tentais de lui confier. « Albert, soigne tes phrases, s'il te plaît ! Fais un effort ! J'ai peur pour toi et ton avenir ! Quel travail trouveras-tu quand tu seras adulte si tu ne parles pas correctement ? »

Elle a versé une larme. Puis deux. Et ce fut un torrent.

Il faut dire que Grand-mère pleure à la moindre émotion.

J'aimerais bien savoir expliquer mathématiquement les émotions, mais papa dit que ce n'est pas possible de faire des équations avec des sentiments.

C'est compliqué, pour moi, les choses inexplicables.

Je crois que je passerai toute ma vie à vouloir tout décortiquer pour en savoir plus, toujours plus.

$a^3/t^2 = \text{constante}$

$\sin^2(\alpha) + \cos^3(\alpha) = 1$

$\lim \frac{\Delta p}{\Delta t} = F$

$= \frac{s}{t}$

7

MA GRAND-MÈRE, JE L'ADORE PLUS QUE LES CONFISERIES

$\lambda 0 = c/\nu$

$T = mg\cos\alpha$

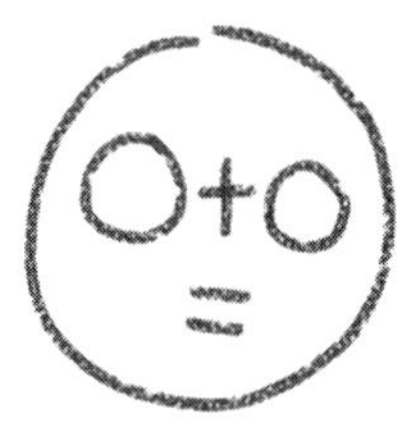

En dehors des rides, Grand-mère et moi avons beaucoup de points communs. Nous avons la même couleur d'yeux, « bruns malins », comme elle dit, le même menton, « carré rond », ça aussi ce sont ses mots, et nous ouvrons la bouche de la même façon quand nous sommes étonnés.

En fait, nous avons tous les deux une tête assez grosse, ce qui ne nous rend pas vraiment beaux, mais on s'en fiche.

Et surtout, avec toutes ces mimiques que nous avons tous les deux, impossible de cacher nos surprises, nos peurs, nos joies, bref, notre jeu de cartes d'émotions.

Là, ce n'est pas Grand-mère qui le dit, mais bien moi.

Cette vieille dame tendre raconte des choses incroyables.

Elle ne cesse par exemple de s'exclamer : « Les jours où il pleut sous le soleil, c'est que quelqu'un pense à toi en regardant la mer », « Une souris qui descend d'un mur au petit matin et la journée va être rieuse », « Si tu oublies ton écharpe sur un banc, c'est que tu vas bientôt rencontrer un nouvel ami. »

Pour lui faire plaisir car je l'aime tant, je la laisse penser qu'elle a raison.

J'adore quand elle est contente. Elle est si âgée avec son visage ridé comme une vieille pomme et tellement douce derrière le grillage de sa peau que j'ai toujours envie de lui donner du bonheur.

J'ai peur qu'elle ne meure un jour et rejoigne sa sœur au cimetière.

Selon elle, un prince du désert, un futur roi, prierait chaque soir à genoux quand le soleil se couche derrière les dunes pour que je ne fasse pas de cauchemar et que je grandisse bien.

C'est une voyante qui le lui aurait dit. Une femme de presque cent ans avec sur ses cheveux un chapeau, décoré d'ailes d'épervier.

Elle termine à chaque fois son récit par : « J'aime, Albert, voir ton regard s'illuminer et tes lèvres s'entrouvrir tout émerveillées, mon petit cœur, mon Albert d'amour. » Parfois, elle ajoute : « mon ange » ou « mon petit prince ».

Ses mots de vieille dame tendre sont comme les bonbons acidulés violets présentés dans le grand bocal de l'épicerie centrale. Ils sont une douceur dans mes oreilles quand maman pointe son index pour me gronder, avec ses yeux pires qu'un orage plein d'éclairs : « Albert, tu n'as pas terminé ce devoir ! », « Albert, ferme ce livre et viens dîner ! » ou « Tant pis pour toi, tu mangeras froid ! » et encore : « Arrête, Albert, d'ingurgiter toutes les sucreries que te donne l'épicier ! Tu vas devenir aussi obèse que lui si tu continues, un éléphant qui ne passe plus les portes ! »

Quand ma mère est en colère, ses mâchoires se resserrent comme des tenailles.

Grand-mère, elle, est un sac de bonté à elle toute seule.

J'aime bien la voir se transformer quand elle a des émotions, de colère, de joie, de peine ou de surprise.

Mais ce que je préfère, c'est quand mon grand-père revient du jardin et ouvre la porte.

Il a alors un immense sourire, comme une virgule sur son visage.

Grand-mère est vraiment amoureuse. Je le vois à la manière dont elle le regarde quand il lance : « Alors, ça va, ma princesse ? »

Un demi-siècle qu'ils sont mariés !

« Bien avant la guerre de 1870 ! » a dit papa l'autre jour.

Aussitôt, j'ai dit : 525 600 minutes x 50 ans = 26 280 000 minutes.

Et combien de secondes où on peut s'écrier « je t'aime » ? 1 576 800 000 !

En moins d'une minute, j'avais trouvé.

$a^3/t^2 = \text{constante}$

$\sin^2(\alpha) + \cos^3(\alpha) = 1$

$\lim \frac{\Delta p}{\Delta t} = F$

$= \frac{s}{t}$

8

MON BONHEUR À MOI, C'EST DE FAIRE JONGLER LES CHIFFRES !

$\lambda 0 = c/\nu$

$T = mg\cos\alpha$

$0 + 0 =$

Il y a les littéraires et les matheux. Je suis un matheux, c'est tout.

Le maître et mes parents n'ont qu'à le comprendre au lieu de me disputer sans cesse parce que je ne travaille pas dans les autres matières.

Les chiffres, ça donne la liberté. C'est super amusant car tu peux faire toutes les combinaisons que tu veux, comme celles des vecteurs avec leurs flèches d'Indiens sur les lettres.

AC avec une flèche, ça donne : AB + BC. Là, c'est facile.

Plus rigolo : on peut dire aussi AB + BG = AC + CD + DG ou AB + BF + FG !

En mathématiques, iI est facile de prendre des raccourcis, de jongler et même de jouer à saute-mouton avec l'alphabet. Ça nous dit : « Allez, à toi d'imaginer ! »

Le plus fascinant, c'est que même avec une formule très courte, si les lettres sont espacées l'une de l'autre, plusieurs chemins très variés sont possibles. C'est magique !

Les formules mathématiques, quand on les comprend et qu'on sait s'amuser avec, on se sent le roi du monde.

On peut tout calculer : la vitesse du vent, à combien de kilomètres par heure il se déplace. Il est même possible de multiplier la distance qu'il parcourt avec sa force pour savoir dans combien de temps il sera arrivé sur la plage de la mer du Nord.

Il y a des exercices incroyables. Par exemple, combien de carrés aux arêtes de 5 cm peut-on juxtaposer sur toute la surface du plafond de la classe, sachant que sa périphérie est de 30 m^2 et que la longueur du mur est de 6 m ?

Ou plus difficile, combien faut-il d'inspirations-expirations de tous les élèves réunis en une heure pour que le volume de dioxygène O2 inspiré soit le double du dioxyde de carbone, le Co2 expiré ?

C'est beaucoup plus joyeux de résoudre des énigmes que d'apprendre en rabâchant sans se soucier de comprendre.

Tout m'apparaît très simple dès que je regarde des équations.

Je n'ai pas besoin de réfléchir pour en saisir le sens. Les comptes vont à toute allure dans mon esprit.

À peine le temps de m'en apercevoir et j'ai déjà trouvé la solution.

Il faut juste visualiser pour penser mieux.

J'adore quand j'arrive à donner une forme réelle au calcul.

C'est un peu comme quand on tombe sur une fleur dans un pré. Impossible de confondre la rose et le coquelicot.

Eh bien, pour moi, calculer, c'est aussi simple, beau et admirable.

En plus, ça distrait de tout, surtout de la mélancolie ou de l'ennui.

Ce n'est pas parce qu'on est dyslexique et qu'on bute sans cesse sur les syllabes qu'on est idiot. Cette pensée-là me fait du bien quand maman ou le maître me disputent ou lorsque dans la classe, quelqu'un me prend pour un imbécile.

Marre de mes camarades et de leur méchanceté quand ils entonnent en chœur : « Einstein, bonnet d'âne, Einstein, bonnet d'âne. »

Il va falloir que ça change. Et vite !

Et que je prouve à tout le monde que je suis beaucoup plus intelligent qu'on ne l'imagine !

On est tous bon à quelque chose, il suffit de trouver à quoi.

Il faut juste comprendre pour quoi on est fait, pour quelle discipline. Bien analyser ce qu'on ressent de gaieté profonde en faisant ceci ou cela.

Pour certains, ce sont les rédactions qui les rendent heureux ou le dessin, pour d'autres, c'est la biologie ou le sport. Et des tas d'autres activités. Il y a des millions de possibilités.

Personne n'est nul.

Il faut croire en soi, c'est tout, comme répète souvent Grand-père.

$a^3/t^2 = \text{constante}$

$\sin^2(\alpha) + \cos^3(\alpha) = 1$

$\lim \frac{\Delta p}{\Delta t} = F$

$= \frac{s}{t}$

9

LA GÉOMÉTRIE SÈCHE MES LARMES

$\lambda O = c/\nu$

$T = mg\cos\alpha$

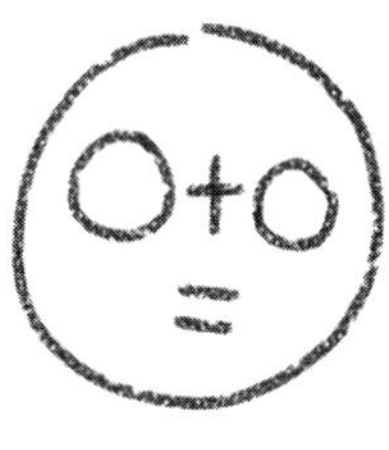

J'ai maintenant dix ans et souvent, le soir, dans mon lit, je pleure comme un bébé.

Ça fait au moins deux semaines que ça dure.

Cette peine s'accroche à toutes les parcelles de mon corps, de mes organes, et me donne envie de ne plus jamais quitter mes draps.

Bien sûr, le fait que maman me trouve laid et stupide est une raison à mon chagrin. J'ai l'impression qu'elle ne m'aime pas et préfère ma petite sœur. Maja, elle, est si bavarde.

Maman adore les enfants qui parlent beaucoup. Elle l'a dit à mon père l'autre jour, je les ai entendus dans leur chambre :

« C'est un vrai bonheur d'avoir une enfant qui parle, Hermann, tu ne trouves pas ? Ça change d'Albert ! Et puis, elle n'est pas colérique, elle ! Et en plus, elle est si belle ! »

C'est sûr, avec ses deux petites couettes et ses yeux clairs, on ne peut pas passer à côté : ma petite sœur a l'air d'un agneau. Tout le monde reste en extase devant elle.

Quand on parle de moi, ce n'est pas la même chose !

Je voudrais qu'on cesse de répéter à tout bout de champ que j'ai un gros crâne, des bourrelets et que je bégaie ! Et aussi, que je vis dans un monde de silence auquel personne n'a accès !

Entendre ces critiques me fait du mal. Chaque jour, j'ai de plus en plus de difficultés à me sentir léger et heureux.

Quand je regarde les gens de ma famille, j'ai l'impression d'être un étranger, quelqu'un qui vient tout droit d'une autre planète.

Je n'arrête pas de ressasser cette phrase, surtout la nuit : « Je ne suis pas comme vous, je ne suis pas comme vous ! »

Je me fais peur, j'ai l'impression d'être anormal.

Pourtant, je sais bien que je ne le suis pas.

Les gens m'intéressent mais leurs préoccupations pas du tout.

Par exemple, toutes ces conversations qu'ils ont à propos du tissu d'une robe. Ou encore des pas de danse à la mode. Tout cela m'ennuie et m'étourdit, j'en bâille.

Pourquoi toutes ces futilités les agitent-ils autant ?

Il y a des centaines d'autres choses tellement plus passionnantes à découvrir.

Mais pourquoi ma tête est pleine de « pourquoi ? » Qu'est-ce que j'ai à vivre dans un nuage plein de réflexions que personne d'autre que moi ne connaît ?

En ce moment, ce qui me console par exemple, c'est la géométrie. C'est comme une meilleure amie ou une île sur laquelle je peux me protéger des autres, tous ceux qui parlent trop.

Je me réveille en pensant « géométrie », je marche en rêvant à des figures et des calculs. Et aussi en me lavant les dents, en préparant mon cartable. J'ai déjà lu une dizaine de livres sur le sujet. Les ouvrages pour les élèves de mon âge m'ennuient à mourir. Comment se fait-il qu'on nous réserve des problèmes aussi simples ? Je pioche dans les manuels des classes supérieures qui sont bien plus adaptés. Il va me falloir des étagères plus robustes que les miennes.

Le souci : dès que je comprends un exercice, je me lasse et j'en veux un autre bien plus compliqué. Il me faut plus difficile et encore plus difficile. Je suis un assoiffé qui n'a jamais assez d'eau pour se ressourcer. Plus je passe de temps à étudier et à réfléchir, plus je parviens à résoudre de problèmes, plus je découvre combien cet univers est illimité.

Le monde des angles, des figures, leur alignement, les circonférences, les parallèles, c'est une galaxie gigantesque.

Les triangles équilatéraux, isocèles, isométriques, ah, calculer leur périmètre ! Les définir grâce à leur perpendiculaire intérieure m'entraîne dans une danse déchaînée.

Je ne cesse plus d'en dessiner sur tous les bouts de papier sur lesquels je tombe. Tout est bon pour calculer un périmètre, une surface : un cahier, un carnet et même une des feuilles de papier à cigarette de Grand-père, un coin de journal ou un emballage de lessive.

J'ai voulu montrer à ma petite sœur ce beau territoire que je découvre. Je me suis assis à côté d'elle à la table de cuisine et j'ai étalé des feuilles de papier. J'ai tracé sous ses yeux des figures et j'ai posé des calculs. Elle a ronchonné en haussant les épaules : « Tu m'ennuies, Albert, avec tes chiffres ! Tu ne joues plus au ballon, tu ne regardes jamais ma poupée, tu ne veux pas me pousser sur la balançoire, tu n'aimes plus les batailles de cartes... On dirait que tu deviens fou. Et puis, arrête avec ce tic ! C'est quoi de tirer la langue à tout le monde ! Tu es affreux quand tu le fais ! Et c'est très impoli ! Tu es irrespectueux, Albert ! Tirer la langue, c'est pire que de faire un pied de nez ! »

Impossible de me fâcher, j'en suis resté paralysé sur place. Je pense que je n'arrivais même plus à cligner des yeux tant j'étais surpris par la réaction de Maja et son jugement.

Du coup, j'avale encore plus de sucre en secret. Ça calme ma tristesse et mes angoisses.

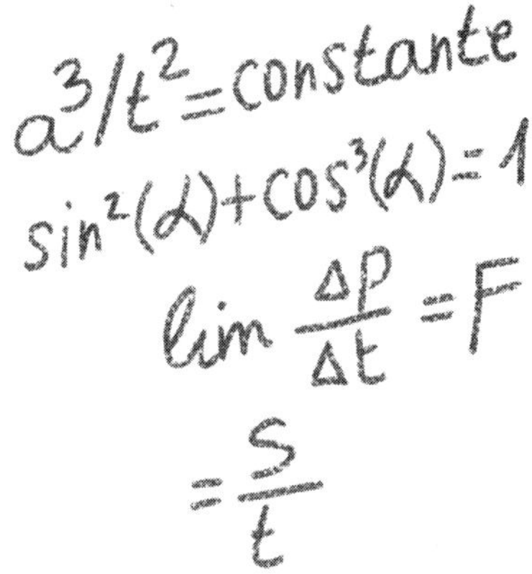

10

JE DÉTESTE DÉCEVOIR

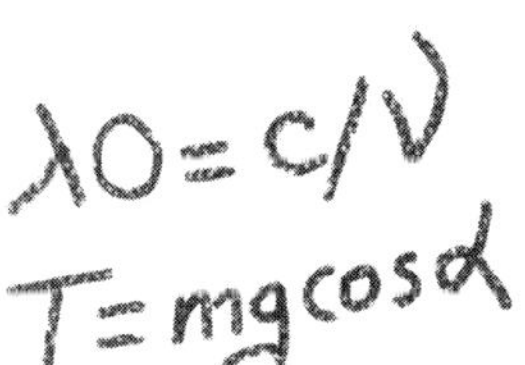

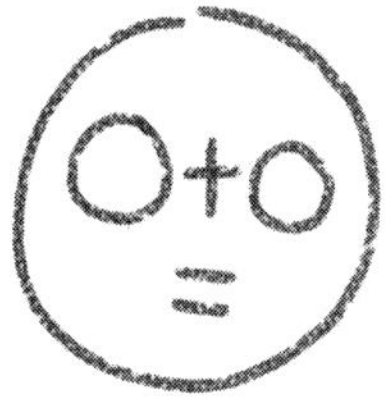

Parfois, ma mère n'en a plus rien à faire de moi, elle me bouscule : « Pousse-toi, Albert ! Tu vois bien que tu fais peur à ta sœur à t'agiter comme ça. Ne la brusque pas avec tous ces grands gestes ! »

Elle lève la main et me menace d'une gifle. Je ne peux m'empêcher de reculer, pourtant je sais bien que jamais elle ne me frappera. Elle détesterait me faire mal.

Je ne supporte plus de la voir aussi déçue par moi.

Quand elle me regarde d'un air malheureux et désespéré, c'est comme une campagne grise surplombée de nuages pesants et sales qui entre sous mes paupières et me donnent envie de tout casser. Je sens mes jambes trembler et ma bouche s'assécher.

C'est horrible, j'ai alors l'impression que des fenêtres et des volets claquent dans ma tête.

Il me faut me sauver à toute vitesse.

Elle n'a pas le temps de crier : « Albert, où vas-tu ? Qui t'a permis de sortir ? », que déjà je file. Chacun de mes pas martèle alors avec force le plancher du couloir. Le sol vibre autant que je tremble de colère. J'ai vu un soir quatre souris sortir d'une caisse remplie de noix fraîchement ramassées par papa tant elles ont eu peur de tout ce bruit.

Au moins ça peut servir à ça, la hargne, quand elle est bruyante : à faire dégager les rongeurs. Il vaut mieux essayer de rire des choses qui font du mal, non ?

Me voilà donc qui fonce. Je dévale les escaliers. J'ai la sensation de glisser sur le temps, sur les secondes et les minutes comme un tapis volant.

Je quitte l'immeuble, je cavale dans la rue et, tout au bout, derrière une petite colline, j'arrive dans mon endroit secret.

Ma cachette, enfin !

$a^3/t^2 = \text{constante}$

$\sin^2(\alpha) + \cos^3(\alpha) = 1$

$\lim \frac{\Delta p}{\Delta t} = F$

$= \frac{s}{t}$

11

C'EST BIEN QUAND ON A UNE CACHETTE…

$\lambda 0 = c/\nu$

$T = mg\cos\alpha$

O+O =

Ma cachette !

C'est le fond d'un grand atelier dont la porte de derrière est toujours entrouverte. Il suffit de la pousser et de se débrouiller pour qu'elle ne grince pas. Elle est lourde mais j'y parviens en la faisant glisser de toutes mes forces.

Le directeur et ses ouvriers y stockent des tonnes de farine venues de la campagne. La farine est vendue ensuite par petits paquets aux commerçants d'Ulm. Dans le buffet de cuisine, maman en a toujours un ou deux d'avance, « au cas où », dit-elle.

Au fond, dans l'ombre, on ne le voit pas au premier regard, il y a un renfoncement où personne ne va jamais.

C'est un entrepôt désert. Pas de lumière, juste un entrefilet de jour qui passe par un bout de toit troué.

Là, des sacs énormes remplis à ras bord sont entreposés les uns contre les autres. Ils sont debout comme des bonhommes de neige. Leur extrémité est fermée grâce à de grosses cordes brunes.

Dans l'air de cet endroit secret, il flotte des embruns de poussière blanche. J'éternue mais je m'en fiche.

Là, je calme mes colères.

Je suis tel un boxeur en rage. Je me précipite sur les ballots pour déverser mon énervement et ce besoin que j'ai de hurler : « Je te déteste, je vous déteste tous à ne pas me comprendre ! »

Là, je peux pleurer tout ce que je veux. Je peux m'énerver, crier : « Pourquoi ? Pourquoi je suis moi ? Pourquoi je ne ressemble pas à Josef qui a tellement de chance d'être normal, lui ? Ou à ma petite sœur ? »

Là, je peux taper, taper, taper sur un ballot de farine. Et sur un autre. Je tombe, je me relève, le sac s'ouvre, la farine vole, je trébuche mais je m'en fiche et je boxe davantage les poings fermés au maximum.

Là, je me répète à moi-même : « Plus fort, plus fort Albert ! »

Là, je cogne jusqu'à n'en plus pouvoir.

Là, je transpire, j'ai mal aux doigts, aux phalanges, aux mains, aux poignets, aux muscles des bras, aux jambes mais je me sens mieux, fatigué mais apaisé, et aussi tellement moins hargneux.

Hurler des mots grossiers en frappant de toutes ses forces sur un sac bourré de farine comme sur un ennemi imaginaire, ça guérit de la rage et du chagrin. Ça s'appelle : évacuer sa colère. Oh ! que ça fait du bien.

C'est mieux et aussi moins idiot que de se taper la tête contre les murs. Ou de se battre avec un camarade.

$a^3/t^2 = \text{constante}$

$\sin^2(\alpha) + \cos^3(\alpha) = 1$

$\lim \frac{\Delta p}{\Delta t} = F$

$= \frac{s}{t}$

12

« AUTISTE », C'EST QUOI CE TRUC LÀ ?

$\lambda O = c/\nu$

$T = mg\cos\alpha$

Depuis quelques jours, mes parents ont ce nouveau mot dans la bouche. Ils ne le prononcent pas devant moi. Mais dès que j'ai le dos tourné : « autiste », « Albert a peut-être des troubles autistiques ».

Je crois savoir comment ce mot est arrivé chez nous.

Papa a un ami d'enfance, Ludwig. Il le voit souvent depuis quelques semaines. Ils vont boire des bières à la Grande Brasserie de Munich.

Il y a deux semaines, nous sommes tombés sur lui dans la rue.

« Oh, Ludwig, je te présente mon fils, Albert. Albert, voici mon ami Ludwig, c'est un grand médecin », a dit mon père.

Et son copain a enchaîné : « Si nous allions tous les trois boire un chocolat chaud bien chocolaté comme tu aimes, Albert ? »

J'ai tout de suite compris que mon père me mentait. C'était faux, on ne le rencontrait pas par hasard, le rendez-vous avait été organisé ! Il voulait me faire ausculter, mine de rien, par ce monsieur. Car comment cet inconnu aurait pu savoir que j'adorais le chocolat chaud s'ils n'en avaient pas discuté tous les deux auparavant ?

« Ludwig connaît beaucoup de choses sur la science du cerveau, Albert, a précisé mon père d'un air fier. C'est un spécialiste de ce qui se passe dans le crâne des humains. »

Papa lui avait parlé de mon problème de langage, c'était évident !

Le traître !

Et c'était donc cet homme qui avait balancé ces mots : « autiste » et « troubles autistiques » !

« Autiste », je n'aime pas. Ça ressemble trop à « dentiste » et j'ai peur du dentiste.

« Troubles autistiques », « comportement autistique », c'est presque pire. Il y a « tique » comme les tiques qui se mettent dans la peau des animaux et plantent leur tête dans leur chair pour leur sucer le sang à la manière des vampires.

« Ce sont des mots récents qui ne sont pas encore utilisés et ne figurent pas dans le dictionnaire », a dit papa. Il a expliqué : « Un grand chercheur nommé Eugène Bleuler s'est donné pour mission de faire connaître cette expression[1]. Pour l'instant, il est peu entendu. Mais mon ami Ludwig croit dur comme fer en ses recherches. »

— C'est quoi ? ai-je réussi à articuler.

— Disons que c'est le problème rencontré par une personne détachée de la réalité extérieure, et repliée sur elle-même, mon petit Albert.

Papa s'est exclamé :

— Comme toi, mon garçon ![2]

Je n'ai pas aimé du tout.

Qu'est-ce qu'il en sait ce médecin !

Encore un qui ne comprend rien aux enfants qui sont dans la lune !

---

1. *Il faudra attendre 1911 pour que l'autisme soit un terme reconnu. Et 1943 pour qu'il soit réemployé par le pédopsychiatre Leo Kanner pour identifier un trouble infantile.*

2. Personne n'a jamais prouvé que Albert souffrait de ce trouble.

« Troubles autistiques », on a beau penser ces termes en imaginant toutes sortes de couleurs, c'est toujours aussi affreux.

Quand je me répète cette expression qui sonne comme un jugement terrible, j'ai l'impression que mon crâne est une dent cariée et qu'on va l'ouvrir pour y introduire un crochet et enlever le nerf malade.

$a^3/t^2 = \text{constante}$

$\sin^2(\alpha) + \cos^3(\alpha) = 1$

$\lim \frac{\Delta p}{\Delta t} = F$

$= \frac{s}{t}$

13

RELIGION OU TRADITION ?
JE N'EN AI AUCUNE IDÉE…

$\lambda 0 = c/\nu$

$T = mg\cos\alpha$

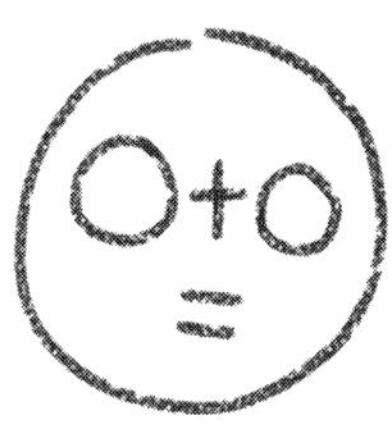

Albert, ce n'est pas mon prénom préféré, mais Einstein, j'aime bien.

L'autre jour dans la rue, deux garçons de mon âge m'ont attrapé par les épaules puis m'ont serré le cou en me faisant un croche-pied pour me faire tomber. Ils hurlaient : « Einstein, Frankenstein, hein que tu es de la famille Frankenstein. »

J'ai donné des coups de pied, à droite, à gauche. Je ne sais pas exactement où.

Puisque mes chaussures sont en cuir épais avec un renforcement en métal à la pointe, ça a fini par me délivrer de ces deux débiles qui se sont mis à hurler « Aïe, aïe ! Arrête, arrête, ça fait mal, Einstein ! » et ils se sont sauvés.

Quand ils ont été hors de ma portée, à bien cent mètres de moi, ils se sont retournés et ont aboyé : « Et puis tu es juif, Einstein, et chez nous, on n'aime pas les juifs ! »

Pourquoi disent-ils cela en me menaçant de leurs pauvres minuscules poings ?

Juif, oui, je suis juif et c'est une belle chose, sacrée, dit Grand-mère.

L'autre jour, je l'ai entendue s'énerver sur mes parents : « Mais enfin, Hermann et Pauline, vous êtes juifs tous les deux, je le suis, comme tous nos ancêtres l'étaient, pourquoi notre petit Albert ne reçoit pas d'éducation religieuse ? Vous n'avez pas le droit de le priver de notre belle religion ! »

« C'est vrai, pourquoi ? » me suis-je dit. « Pourquoi je n'aurais pas le droit à cette chance d'être un juif pratiquant ? »

J'ai entendu papa expliquer à Grand-mère qu'il ne croyait plus en la religion, que la dernière guerre avait bien prouvé que Dieu ne faisait pas attention aux pauvres humains que nous sommes.

Maman a haussé le ton : « Eh bien non, nous ne pratiquons pas, nous n'allons pas à la synagogue ! Ce n'est pas pour ça que nous ne respectons pas notre confession ! Nous donnons à nos enfants une culture religieuse ! Albert sait tout à ce sujet, il est empreint de nos traditions. Il suffit de le regarder vivre et être bon avec ses camarades, pour comprendre ! Comme nous, il ne mange pas de porc car c'est un animal plein de saletés, disent les versets. Et il ne se trompe jamais en rangeant la nourriture. Il ne met jamais côte à côte le lait et la viande ! »

Grand-mère a pleuré :

— Mais dis-moi au moins, Hermann, qu'Albert fera bien sa bar-mitzvah !

— Pas besoin puisqu'il ne reçoit pas d'enseignement religieux.

— Toi, mon fils, de confession juive, tu me réponds que mon petit-fils n'aura pas cette chance ?!

Mais non, la culture juive lui suffit, il n'y a pas besoin de religion pour être une bonne personne et gagner son paradis.

— Mais pourquoi ? Pourquoi tu fais ça, Hermann ? a-t-elle hoqueté dans son double menton.

— Parce que la bonté, la bienveillance et la foi en l'humain doivent venir du dedans de l'être et non pas forcément de l'extérieur.

Dehors les nuages s'amoncelaient, l'orage allait bientôt tonner.

Qu'était donc cette bar-mitzvah dont mes parents ne m'avaient jamais parlé ?

— C'est quoi la bar-mitzvah, Grand-mère ? a demandé ma petite sœur.

— C'est une fête juive célebrant le passage des garçons à la majorité religieuse.

— C'est-à-dire ?

— Être bar-mitzvah, pour un garçon, c'est être en âge d'appliquer les commandements de Dieu.

— Albert a le bon âge ?

— Non, Maja, puisqu'il a dix ans et que cette fête a lieu aux treize ans du garçon. J'espère que tes parents changeront d'avis !

— Mais si on est juifs, pourquoi Albert va dans une école catholique, Grand-mère ?

— Bonne question, ma petite chérie ! Demande à tes parents, a-t-elle grincé comme une vieille porte.

Mon père a vrombi, pire qu'un frelon, sa voix a bourdonné : « Parce que cette école est le meilleur établissement de la ville. De plus, leurs valeurs sont humanistes, enseignement à mon sens bien plus nécessaire pour les enfants que la religion. »

— Qu'est-ce que tu entends par « enseignement humaniste », Hermann ? a demandé Grand-mère.

C'était comme si elle avait un citron collé à son palais tant son ton était acide.

— Un enseignement qui privilégie l'humain, maman ! C'est très important. Les valeurs humanistes sont la bonté, la compréhension de l'autre, l'apprentissage d'un vrai regard sur soi-même et sur les autres, sur la société, une philosophie à part entière ! Il n'y a pas de cadre, pas d'obligation, juste de la bienveillance vis-à-vis des autres et de soi-même.

Grand-mère a murmuré : « Je comprends et je sais tout cela, Hermann ! Mais ça n'empêche pas de pratiquer sa religion ! La confession de générations d'ancêtres ! »

Elle s'est levée, a poussé le fauteuil recouvert de velours rouge sur lequel elle était assise et est sortie en claquant la porte.

C'est la première fois que je les voyais se disputer.

Même quand on s'adore, on peut se bagarrer.

Si on s'aime vraiment, ça ne dure pas.

Je savais que ces deux-là seraient rapidement à nouveau complices. Grand-mère reprendrait vite sa place dans le grand fauteuil couleur cerise.

$a^3/t^2 = \text{constante}$

$\sin^2(\alpha) + \cos^3(\alpha) = 1$

$\lim \frac{\Delta p}{\Delta t} = F$

$= \frac{s}{t}$

14

J'AI TROUVÉ UN CHIEN !
JE VAIS L'APPELER TROUILLARD !

$\lambda 0 = c/\nu$

$T = mg\cos\alpha$

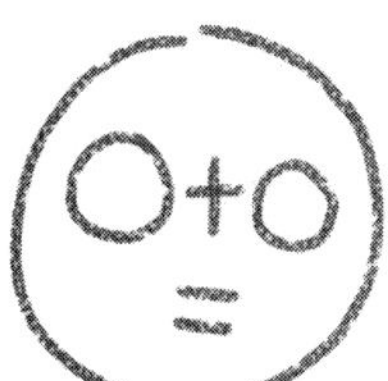

J'ai trouvé un chien ce matin.

Il errait dans la rue la tête et la queue basses.

J'ai souvent entendu dire : « Attention, il y a des bestioles qui ont la rage, surtout les renards et les chiens errants, il ne faut pas se faire mordre, ça peut mal finir. » Mais je n'ai pas longtemps résisté à l'envie de l'approcher.

J'ai tendu la main et j'ai murmuré : « Viens mon petit, viens. »

Ce petit gars à robe noir et blanc et à oreilles pointues est tout de suite venu se faire caresser en lançant quatre « Wouaf » sonores. Il semblait dire : « Bonjour, Albert. »

À ce moment-là, je ne m'y attendais pas, il a sursauté.

Ses poils sur son dos, juste entre les deux omoplates, se sont dressés. Il était terrorisé.

La cause : une mouche !

Une mouche sombre comme une araignée et aussi grosse qu'un chardon qui volait au-dessus de lui.

Cet animal avait peur d'un insecte !

J'ai eu envie de rire. Mais je me suis retenu. Je n'allais pas lui faire subir ce que je subis, moi, à l'école parce que je suis différent des autres.

Après tout, il avait bien le droit d'être plus trouillard que tous les autres chiens de la ville réunis.

Je lui ai chuchoté : « Pas grave, pas grave, mon petit, calme-toi ! » et j'ai ajouté : « Je crois bien que je vais t'appeler Trouillard ! »

Quand la mouche s'est éloignée, Trouillard s'est collé contre mes jambes.

Je me suis assis à même le sol près de lui. La neige ne me refroidissait pas les fesses, j'étais si bien avec ce nouvel ami. La ville sentait bon l'hiver qui finissait. Le printemps allait bientôt arriver, un pâle soleil perçait.

Trouillard s'est couché dans un rai de lumière. Il me fixait. Sa queue battait en rythme, un vrai métronome. Il paraissait heureux d'être avec moi.

J'ai pensé : « En voilà un qui a envie de communiquer. Tous les deux, nous pourrions en faire des choses ensemble ! Des balades en forêt cet été ! Des courses sur les plages de la mer du Nord où nous irions visiter la famille avec mes parents. Je pourrais aussi lui présenter la chienne blanche des voisins, il pourrait bientôt jouer avec elle. »

Trouillard et sa douceur me guérissaient de la peine de me sentir si différent des autres.

« Comme tes yeux sont beaux, Trouillard, l'ai-je complimenté. Et leur couleur ! Bleu et vert mêlés, couleur d'océan, c'est rare, tu sais... »

C'est bon d'être ami avec un animal. Ça met des ailes dans le cœur.

« Au moins, lui, ai-je pensé, il ne m'embêtera pas si je trébuche sur un mot et il ne me jugera pas parce que je suis un peu autiste, paraît-il. »

La première question que m'a posée ma petite sœur est : « Comment ça se fait, Albert, que tu aies trouvé un chien ? »

Pas le temps de répondre, ne serait-ce que par onomatopées.

Grand-mère m'a doublé : « Parce que c'était écrit ! C'est le destin, Maja ! Cela devait se passer comme ça ! »

Moi, je ne crois pas au destin. Je pense que toute chose qui arrive est le fruit d'un calcul. Et là, il s'agit du calcul fait par un chiot ! Un petit animal intelligent comme un singe qui, j'en suis certain, m'a repéré depuis longtemps, peut-être une ou deux semaines.

Il a sans doute surveillé mes allées et venues, étudié si j'étais du genre calme ou agité, si j'étais gentil avec les animaux du champ d'en face, l'âne, le cheval du voisin.

Il a dû me voir caresser le berger allemand de l'épicier, un grand gaillard à poils roux et aux yeux bordés d'un trait noir comme s'ils étaient maquillés.

Sûr, les pensées de cette adorable petite boule de poil ont été : « Voilà un bon maître, je vais me faire adopter par lui ! »

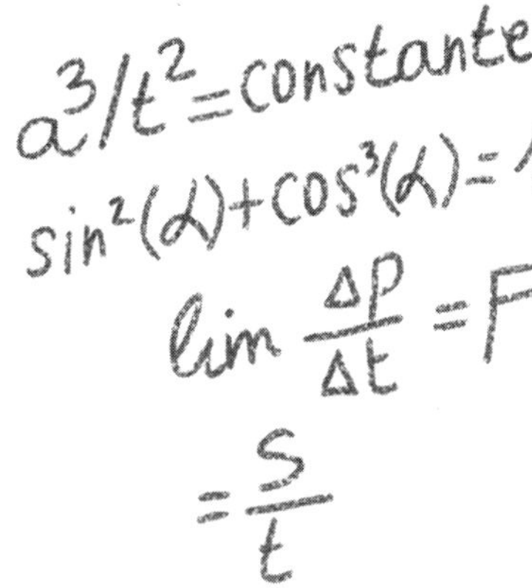

15

JE SUIS DINGUE DE PHILOSOPHIE

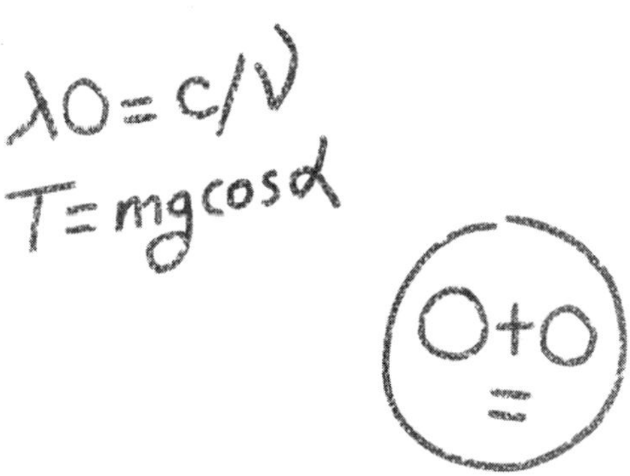

Grand-père dit qu'il aime sentir le vent lui caresser les joues et le nez quand il casse du bois dehors avec sa hache. Il dit que l'action fait du bien. « En bougeant, Albert, on a moins de mélancolie dans le cœur. »

Il cite des gens d'autrefois, des poètes qui ont su mettre leur tristesse en mots.

Il soutient que « c'est en partageant ses peines qu'on s'en débarrasse. »

Il jure qu'on peut se faire des cadeaux à soi-même : « Tu vois, mon petit cœur de miel, le premier présent qu'on peut s'offrir, c'est d'organiser son emploi du temps. Si tu restes oisif comme tu le fais souvent, si tu ne parles à personne, tu deviendras vite malade de la vie, ça s'appelle la dépression ! »

Je n'aurais jamais imaginé que Grand-père puisse être aussi philosophe, pas comme Kant que je ne comprends toujours pas mais comme Lucrèce que j'adore lire parce qu'il parle de la nature.

— C'est le philosophe Pascal que tu devrais lire, Albert, il parle bien de l'isolement.

— Quoi ? ai-je dit.

Dans ma bouche, les syllabes sortent bien si elles ne sont pas nombreuses. Une, deux ou trois, c'est l'idéal. Je peux alors poser quelques questions.

— Il parle du besoin d'activité des humains qui se désespèrent et deviennent mélancoliques quand ils sont au repos.

— Pourquoi ?

— Parce qu'alors ils s'ennuient. Pascal explique qu'il faut savoir demeurer seul dans sa chambre et y trouver du plaisir.

— Moi, pareil.

— Alors, oui, tu es comme Pascal !

Grand-père a quitté la chaise en osier sur laquelle il était assis. Il s'est levé doucement. J'ai cru que ses genoux allaient casser tant il a eu du mal à rester debout. Juste le temps de saisir un livre posé sur une étagère et il a rejoint son siège : « Ah, mais ce n'est plus de mon âge, Albert, de faire des efforts pareils. »

Ce vieux bonhomme tendre n'a pas beaucoup mangé pendant la guerre de 70, m'a raconté mon oncle Jacob. Il ne trouvait plus de viande. Du coup, il n'a plus beaucoup de fer dans le sang.

Ses gros doigts noués comme des ceps de vigne m'ont tendu l'ouvrage. Sa voix s'est faite plus scolaire, un peu comme celle du maître à l'école :

— Albert, il faut absolument que tu lises cela aussi, m'a-t-il conseillé.

— C'est quoi, Grand-père ?

— C'est un livre de citations philosophiques.

— Je l'ai lu !

— Tu es incroyable, mon petit-fils ! Et tu as tout compris ?

— Oui, tout.

— Tu sais ce que signifie « philosophie » ?

— Oui.

Comme ma réponse allait être longue, j'ai attrapé mon ardoise et j'ai écrit à la craie : « Philosophie vient de *philo*, étude, et *sophie*, la sagesse. »

— Étude de la sagesse, c'est cela, Albert, bravo !

J'ai du mal à croire qu'on puisse apprendre la sagesse.

Ça n'a pas de forme, la sagesse.

Et il n'y a aucune preuve qu'elle existe.

Enfin, je ne sais pas...

Il faut que je réfléchisse.

— La sagesse, c'est la même pour tout le monde, Grand-père ? ai-je encore écrit sur l'ardoise.

— Non, Albert, elle est différente d'un individu à l'autre.

— Alors elle est variable ?

— Oui, on peut affirmer ça.

— Les variables, ça s'étudie en mathématiques... Je ne crois pas qu'on puisse calculer la sagessse.

— Tout ne se calcule pas, il va falloir que tu t'y fasses, mon petit ! Cette fois, Albert, j'y vais. Ce soir, ta grand-mère a préparé son fameux chou farci.

Je réfléchis. Si l'espace est infini, sans limite, pourquoi nous, êtres vivants, devons être cadrés par l'école ?

La peinture, la poésie, la musique ne seraient-elles pas un éclatement des limites ?

Il faut que j'en parle à quelqu'un. Quelqu'un qui saurait me renseigner.

À moins que je trouve la réponse dans un livre spécialisé.

J'ai aperçu des gros volumes à la couverture en cuir épais dans l'armoire familiale. J'ignorais leur existence. Ils sont recouverts de poussière. Ils n'ont pas été ouverts depuis des années, c'est une évidence.

Peut-être que la clef se trouve dans les pages de ces ouvrages ?

$a^3/t^2 = \text{constante}$

$\sin^2(\alpha) + \cos^3(\alpha) = 1$

$\lim \frac{\Delta p}{\Delta t} = F$

$= \frac{s}{t}$

16

C'EST QUOI UN ENFANT « TROP DOUÉ » ? UN SURDOUÉ ?

$\lambda 0 = c/V$

$T = mg\cos\alpha$

$0+0=$

Moins je comprends les choses, plus je cherche à en saisir le sens.

C'est une obsession. Je peux ne pas dormir de la nuit si je ne trouve pas la réponse à une question.

Je suis comme le pharmacien de la place du Marché. Il passe tous ses week-ends à disséquer les petits animaux morts qu'on lui apporte. Je suis pareil, oui, je dissèque, je fouille, je creuse, j'écarte les chiffres les uns des autres pour voir ce qu'il y a entre eux ou à l'intérieur.

Et quand je plonge dans une série de nombres, je me sens heureux. Toutes mes angoisses disparaissent, toutes mes peurs, comme celle de ne jamais réussir à m'exprimer, de ne savoir émettre que des syllabes et des mots qui s'engloutissent entre eux comme des sables mouvants avant même de se montrer au grand jour.

L'autre matin, j'ai surpris deux voisines en train de parler de moi :

— Que va-t-il devenir, ce petit Einstein, avec son langage de deux ans ? commérait l'une, la plus grande, qui a un duvet brun vilain au-dessus des lèvres.

— Pauvre gosse ! Il a presque dix ans et il n'arrive toujours pas à bien former les mots, a soupiré l'autre, la plus belle, qui met de l'eau de Cologne.

— Vous avez compris, vous, madame Bars, ce qu'il essayait de raconter tout à l'heure à votre petite fille ?

— Non, rien, c'était du charabia, a répondu celle qui sent bon.

J'ai repensé à ce que Grand-père m'avait dit la veille : « Albert, quand on a une intelligence supérieure comme toi, on n'y peut rien. Tu es né ainsi, de la même manière que d'autres viennent au monde avec les yeux bleus ou verts. »

Il avait ajouté en me caressant les cheveux : « Si tu voulais bien travailler d'autres matières que les maths, mon garçon, tu serais excellent. Mais pour ça, il faudrait que tu supportes qu'on te donne des ordres. En tout cas, des indications. Il suffit que l'on te demande quelque chose pour que tu te braques ! C'est un problème de « trop doué ». Ton oncle Jacob a eu le même souci à ton âge. Tu pourrais essayer de parler avec lui un de ces jours... Enfin, si tu en as envie. Je ne veux pas te donner d'ordre. »

Un grand rire sonore avait fait trembler ses joues et son cou, le genre de joie qui entraîne dans son sillage tous les sourires de la terre.

Tous ces propos m'intriguaient. Il fallait que j'en sache plus. J'ai réussi à émettre deux petites phrases :

C'est quoi un « trop doué » ?

— C'est quelqu'un qui comprend beaucoup plus vite que les autres et qui sait résoudre des problèmes à la vitesse de l'éclair. En revanche, il ne sait pas toujours expliquer son résultat ni comment il l'a trouvé, alors, on peut l'accuser de tricher. Si tu as de mauvaises notes dans toutes les autres matières, c'est peut-être aussi parce que tu t'ennuies, ça ne va pas assez vite. Le maître suit le programme dédié aux enfants non trop doués.

— Donc, je ne suis pas normal ?

— Tu es normal, mon petit gars, tu es simplement un drôle de phénomène ! a souri le vieil homme et il a déposé un baiser sur mon front.

$a^3/t^2 = \text{constante}$

$\sin^2(\alpha) + \cos^3(\alpha) = 1$

$\lim \frac{\Delta p}{\Delta t} = F$

$= \frac{s}{t}$

17

LE JOUR OÙ JE DÉCOUVRE LA RELATIVITÉ

$\lambda 0 = c/V$

$T = mg\cos\alpha$

J'ai fait une découverte. Je vais appeler ça « la relativité ». C'est le mot le plus juste pour parler de ma théorie.

J'ai voulu l'expliquer à mon meilleur ami, Josef. Comme je bégayais et que cela m'énervait, j'ai écrit à la craie sur mon ardoise : « Qu'est-ce que tu penses du mot "relativité" ? Tu sais à quoi il s'applique ? »

Josef a soupiré comme s'il n'en pouvait plus de mes réflexions : « Si le maître ne l'a pas enseigné, c'est que ce doit être réservé aux grandes classes et tu l'as lu dans un bouquin ! Tu as triché... »

Je me suis levé et je suis parti sans un mot. Une tristesse immense me prenait à la gorge. J'ai pensé : « Reprends-toi, Albert, n'en fais pas une maladie, si Josef ne veut pas réfléchir, c'est son problème. Il préfère n'apprendre que ce qui est au programme. Il ne veut pas penser plus loin. Il refuse d'imaginer une autre façon de percevoir le monde... Dommage... Il y a tant à apprendre tout seul en plus de l'école. »

Je n'allais pas m'énerver contre lui. Pourtant, il m'agace quand il est fermé à toute autre connaissance que celles du maître.

« La relativité. »

Cette idée m'était venue en regardant passer une bicyclette.

Tout avait commencé par une question qui me turlupinait : pourquoi les grands disent-ils toujours que le temps passe vite tandis que les enfants trouvent le temps long ?

Si la bicyclette était le temps et que j'avais l'habitude de la voir passer, alors il me semblait qu'elle allait plus lentement.

Mais si je n'avais pas l'habitude de la distinguer filant sur la route et qu'elle passait devant moi sans que je m'y attende, alors le temps me paraissait plus court !

Ça veut dire que tout est relatif selon l'habitude qu'on a ou pas des événements.

C'est comme l'été. Pour les adultes, il est court. Pour les enfants en vacances, il est long.

Pourquoi ? Parce qu'un petit a moins vécu qu'un adulte. Leur vision du temps n'a pas la même valeur.

Forcément, sur dix ans de vie, deux mois c'est énorme.

Sur quarante ans de vie, c'est plus court, deux mois d'été.

Et en plus, lorsque l'ennui s'en mêle... Alors là... les jours n'en finissent plus !

Mais lorsqu'on est occupé, le temps paraît très court.

C'est ça la relativité !

Et si j'étais comme Euclide avec la géométrie ? Ou comme Léonard de Vinci avec ses inventions ? Ou encore Galilée qui a compris que la Terre est ronde ?

Étaient-ils des « trop doués » eux aussi ? Sans doute.

$a^3/t^2 = \text{constante}$

$\sin^2(\alpha) + \cos^3(\alpha) = 1$

$\lim \frac{\Delta p}{\Delta t} = F$

$= \frac{s}{t}$

18

MON MAÎTRE D'ÉCOLE ME DÉTESTERAIT-IL ?

$\lambda 0 = c/\nu$

$T = mg\cos\alpha$

À l'école, le maître m'a encore répété que je ne devais pas lire Kant dont j'ai trouvé un livre dans les étagères de Grand-mère : « Tu ne peux pas comprendre, Einstein, tu es trop jeune. »

Ce qu'il m'énerve avec ses phrases aussi piquantes que des aiguilles !

Du coup, ça a recommencé. Cette envie de tout casser autour de moi, les crayons, ma règle, mon compas, de barbouiller de noir tous les murs de la classe et le tablier de tous mes camarades en envoyant valser mon encrier.

J'avais des boulets de canon dans la gorge prêts à exploser la remarque de monsieur Kellerlin : « Je suis capable de comprendre Kant, il suffit que je décortique ses phrases ! »

Mes poings se sont serrés sous la table, si fort que j'en ai ressenti une crampe dans le bras gauche.

Mais encore une fois, aucun son n'a réussi à sortir de ma bouche.

Monsieur Kellerlin ne m'aime pas.

Peut-être même qu'il me déteste.

Comment je le sais ? Parce que ses yeux se transforment quand il me regarde. Ses yeux prennent la couleur du charbon et ses lèvres se pincent.

Je devine à l'intérieur de ses pensées des couteaux de boucher et des fusils à aiguiser. Et ses lèvres, elles se courbent en serpette, façon hachoir à chair à saucisse.

Il y a des faits réels, des preuves, comme dans les enquêtes policières.

Le maître est un coupable facile à démasquer.

Hier encore, en brandissant sa règle en bois, il m'a ordonné de venir au tableau pour faire une division : « 245,09 par 5 ; allez Einstein, montre-nous qui tu es ! »

Dans la classe, ça s'est mis à rire gras comme une toux.

Un groupe de quatre élèves, Karl, Frederik, Adolf et Richard, des garçons aussi forts en allemand qu'en sport se moquaient : « Einstein, le plus mauvais de l'école, il est débile ce gars-là ! » J'ai entendu ces mots sortir de la bouche du plus grand, Karl. Un amas de mots comme un paquet de vipères.

Les trois autres remuaient la tête à la verticale, leur façon de dire « oui, c'est vrai ». Et ils gloussaient comme des poules affamées.

Pas besoin d'être futé pour comprendre que ces types ne sont pas gentils.

« Ils ont le diable en eux ! » jurerait Grand-mère.

Je n'ai pas eu à réfléchir longtemps, si j'ai du mal à bien composer une rédaction ou à me passionner pour l'histoire de mon pays, je ne fais même pas d'effort pour réussir un calcul. Ça vient tou seul !

245,09 divisé par 5 = 49,018. Tout simple.

Monsieur Kellerlin n'a jamais autant froncé les sourcils qu'à cette minute-là. Il a posé l'extrémité de sa grande règle en bois sur l'ardoise du tableau et a refait à voix haute le calcul : « Mais non, Einstein ! Ça fait 47,012. »

Je n'ai pas pu me retenir : « Faux ! »

L'onomatopée est sortie toute seule de ma bouche, et un hoquet est venu, incontrôlable. Toute la classe a éclaté de rire.

Je me montrais ridicule, une fois de plus. Aussi bête qu'à ces instants catastrophiques où maman me surprend une nouvelle fois à faire tomber un verre qui s'éclate en mille morceaux sur le carrelage ou à me prendre les pieds dans le tapis et à dégringoler. « Sors de ta lune, Albert, sors de tes nuages. »

Le hoquet s'est prolongé, j'ai été perturbé un bon moment. Les cancres du dernier rang tapaient avec leur crayon sur leur table, puis ils ont commencé à secouer leur chaise et les bruits des pattes en bois sur le sol ont produit des grincements terribles.

Josef, au premier rang, ne bronchait pas. Il baissait la tête comme si on lui avait collé un bonnet d'âne sur le crâne. Il avait honte pour moi. Et moi, j'avais honte pour lui de m'avoir choisi comme meilleur ami.

Monsieur Kellerlin a hurlé : « Au coin, Einstein ! Et toute la matinée ! Et une punition ! Et je vais convoquer tes parents ! »

J'ai bredouillé : « Mais non, mais non, 245,09 divisé par 5, ça fait 49,018. »

Par chance, il a semblé comprendre ce que j'essayais de dire.

Et c'est là que j'ai eu la preuve que le maître ne m'aimait pas. Il a refait une nouvelle fois la division à voix haute devant toute la classe et a lâché : « Ce n'est pas ce que tu as dit tout à l'heure, Einstein ! Tu as dit 47,012 et non 49,018. »

Les cancres du fond ont crié : « C'est vrai, c'est vrai ! » et les autres aussi en riant « c'est vrai, Einstein a mal répondu ! » C'était comme un torrent de méchanceté qui allait m'engloutir tout entier.

Le souvenir de Trouillard se bagarrant avec un chien agressif plus âgé que lui m'est revenu. Il avait sorti les crocs, avait grogné et ne s'était pas laissé faire. Pourquoi ne savais-je pas suivre son exemple et me rebeller ?

S'il avait été là, il m'aurait défendu.

J'avais envie de pleurer, mais je n'allais tout de même pas offrir mon chagrin à ces cafards. Ils en seraient trop contents et s'amuseraient encore plus à mes dépens.

C'est là que j'ai vu Josef se lever, plus grand que jamais dans sa blouse grise, les épaules bien droites, les yeux bleus soudain métalliques, Josef, le plus calme de l'école, le plus doux.

Les yeux en rage et le front en nage, il se dirigeait vers le maître.

$a^3/t^2 = \text{constante}$

$\sin^2(\alpha) + \cos^3(\alpha) = 1$

$\lim \frac{\Delta p}{\Delta t} = F$

$= \frac{s}{t}$

19

JOSEF PREND MA DÉFENSE QUAND LE MAÎTRE EST INJUSTE AVEC MOI

$\lambda 0 = c/\nu$

$T = mg\cos\alpha$

Josef a d'un coup quitté sa chaise et s'est dirigé vers le maître.

Tout le monde s'est arrêté de respirer en même temps.

On s'est tous accrochés à nos pupitres comme si un courant d'air venait de se transformer en bourrasque.

Josef faisait jouer ses mâchoires et fronçait les sourcils comme je ne l'avais jamais vu faire, même lorsqu'il perdait aux billes, et pourtant il est mauvais joueur !

J'ai cru que ses grandes jambes allaient continuer leur chemin pour l'emmener face au maître et lui balancer un coup de poing parce qu'il m'avait mal traité, mais il a bifurqué, je ne sais pas pourquoi. On pensait tous qu'ils allaient se bagarrer, tous les deux, mais non !

Mon ami s'est dirigé vers moi. Il a tiré sur mon pull-over et m'a forcé à me lever. Ensemble on a quitté la classe la tête haute.

Quand il est debout, Josef est immense. C'est le plus grand de nous tous.

Maman hoche la tête d'un air admiratif : « C'est parce qu'il mange tous les jours de la soupe, lui ! »

La réflexion de ma mère m'inquiète : aurait-elle compris la façon dont je me débarrasse du contenu de mon assiette ?

A-t-elle remarqué que la plante verte dans laquelle je verse ma soupe depuis quelques semaines commence à piquer du nez et à jaunir ?

Josef, c'est mon meilleur ami.

Josef est toujours assis au premier rang. Il ne veut rien rater des leçons.

Moi, je suis toujours assis au troisième rang, première place à gauche.

Lui, il est le meilleur élève de l'école, il n'a que des bonnes notes quand moi, j'ai les plus mauvaises. Il faut dire que Josef travaille plus que moi. Et surtout, il ne pense pas à autre chose qu'à ce que dit le maître quand le maître parle et écrit sur le tableau afin qu'on retienne mieux.

Moi, je m'ennuie. Je ne cesse de m'ennuyer.

Josef a un autre avantage sur moi. Il n'a pas la tête carrée. Son visage est doux comme celui d'un agneau, ses cheveux brun clair font penser aux châtaignes en hiver et ressemblent à du satin. Ils sont toujours bien peignés alors que je n'arrive pas à faire tenir mes crans sur ma tête. Sa peau est blanche comme une plage inondée de soleil pâle, ses mèches font des boucles comme les vaguelettes sur l'eau.

Et puis, il n'est pas gros, lui. Il est grand et long, tout le contraire de moi. Il ne mange pas tout le temps des sucreries, il préfère le salé.

Personne ne le traite de « boule » comme maman le fait quand elle m'aide à m'habiller.

Les filles le regardent et lui envoient des sourires. Pas à moi. Elles disent : « Josef, c'est un ange tombé sur Terre, Albert, c'est le diable venu de l'enfer des poux ! »

Si Josef n'avait que la beauté, ce serait déjà beaucoup ! Mais il a encore plus. Il est sportif, il joue au badminton et ne rate jamais le volant, il monte à la corde en quelques secondes et sans effort, il bat tout le monde à la course à pied et en plus, il connaît plein d'histoires drôles.

C'est incroyable d'être comme lui ! Premier en histoire ! Premier en géographie ! En allemand ! En sciences naturelles ! En rédaction !

Il jure qu'il est aussi le meilleur en mathématiques, mais je n'en ai jamais eu la preuve.

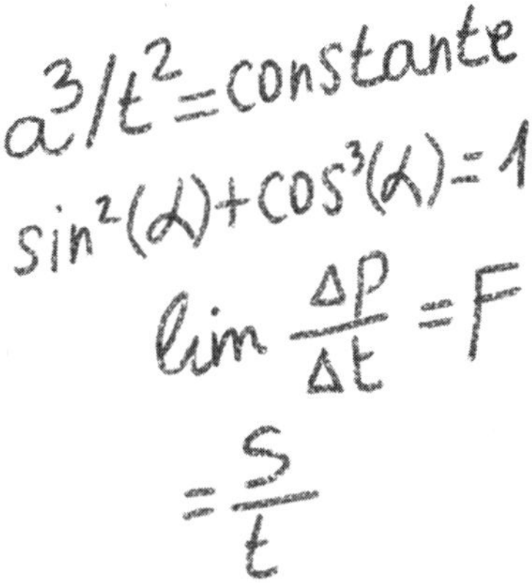

20

IL PARAÎT QUE JE SOUFFRE D'UN AMAS DE… « POURQUOI »

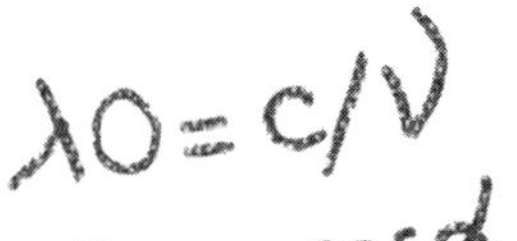

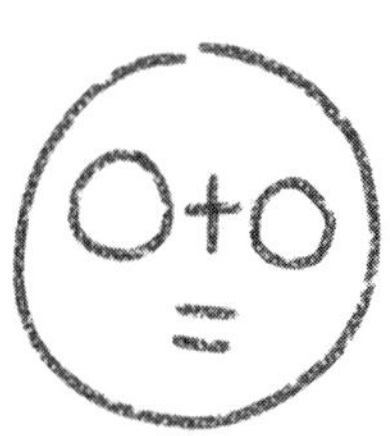

Tout à l'heure, en sortant de l'école, deux filles et deux garçons se sont moqués : « Ce que tu es laid, Albert, plus moche qu'un vieux corbeau sur un épouvantail ! Et puis, tu es plus bête qu'un âne à ne pas savoir parler aussi bien que nous. »

Je me console en discutant avec moi-même, en silence : « Mais toi, Albert, tu n'es pas comme les autres, tu n'es vraiment pas de la même planète. »

Souvent, la nuit, je me retrouve assis d'un coup, trempé de sueur, les cheveux collés sur le front, les yeux grands ouverts, je halète comme un chien fatigué, je me sens mal, je me sens mal, mal, mal, mal au point que je crains de tomber dans les pommes, patatras, plus d'Albert Einstein, mort, enterré, finalement ce serait peut-être mieux… « Non, Albert, tu vas rester sur Terre et répondre à tous les pourquoi ! » Voilà ce que je m'ordonne alors pour virer cette idée aussi noire et inquiétante qu'une chauve-souris coincée dans une pièce en plein jour. Une pauvre petite qui se débat pour chercher une cachette sombre et se cogne contre les murs, contre le plafond et s'assomme à moitié sans crier.

— Ce sont des crises d'angoisse, a dit le docteur à mes parents de plus en plus inquiets pour moi. Votre fils est sujet à la déprime et même à la dépression, il faut qu'il aille à la mer, qu'il se détende.

— Mais quel est le problème d'Albert ? ont répété en chœur maman et papa.

— Il pense trop.

— Comment ça, docteur, il pense trop ?

Mes parents faisaient une de ces têtes ! De vraies chouettes effraies !

L'homme a réajusté ses lunettes. Un sparadrap couvrait le milieu d'une des branches. Il avait dû les casser.

Il s'est pincé les lèvres, a reniflé, s'est mouché avec lenteur et il a repris :

— Eh bien, monsieur et madame Einstein, votre fils pense tellement qu'il ne parvient pas à parler correctement.

— Comment ça ? a bondi maman.

— Il panique. Il se demande ce qu'il a. Ce n'est pas la première fois que je constate ces symptômes chez un enfant plus intelligent que la moyenne...

— Plus intelligent que la moyenne ! ont-ils repris, à la fois surpris, inquiets et admiratifs.

— Oui, beaucoup plus, a répondu le médecin.

— Mais alors, pourquoi il...

J'ai interrompu maman :

— C'est bien ça le problème : pourquoi ?

Je ne pourrai jamais oublier le regard de chat halluciné de mes parents quand le docteur s'est exclamé :

— Voilà ce dont Albert souffre : un amas de pourquoi.

Même Trouillard a eu l'air intrigué comme s'il comprenait les paroles du docteur.

$a^3/t^2 = \text{constante}$

$\sin^2(\alpha)+\cos^3(\alpha)=1$

$\lim \frac{\Delta p}{\Delta t} = F$

$= \frac{s}{t}$

21

C'EST MON ANNIVERSAIRE !

$\lambda 0 = c/v$

$T = mg\cos\alpha$

J'ai douze ans depuis ce matin, 11 h 45, heure de ma naissance. 3 650 jours, 87 600 heures, 5 millions 256 mille minutes.

Grand-mère et Grand-père sont venus, mon oncle Jacob aussi, que je n'avais pas vu depuis des mois.

Josef a été invité, c'est normal, il est comme un frère pour moi. Ma petite sœur avait mis sa jolie robe bleue à liseré rouge. J'avais placé autour du cou de Trouillard un ruban en velours noir. Maman s'était maquillée et avait revêtu un tailleur gris souris tout neuf. Papa, lui, n'avait fait aucun effort d'habillement mais était si bien peigné qu'on pouvait l'imaginer être allé chez le coiffeur.

Tout le monde était joyeux. Et quel bon repas ! Ma mère avait cuisiné spécialement pour moi, « selon tes goûts, Albert ! » a-t-elle clamé en apportant le premier plat. J'ai failli en renverser mon verre d'eau tant j'étais surpris par cette gentillesse.

En entrée : un soufflé au fromage. En plat principal : du chou et des énormes saucisses.

Des recettes que j'adore !

Nous nous sommes tous amusés du fait que Trouillard salive en regardant nos assiettes. Il était exceptionnellement assis à table sur les genoux de papa. Josef, Maja et moi avons eu le droit de lui donner quelques morceaux de viande. J'imaginais ce qu'il pouvait penser : « Miam, c'est bien un anniversaire, ça me donne des droits nouveaux, il faut que j'en profite ! »

Pour le dessert, maman avait concocté un gros gâteau recouvert de chocolat en poudre. J'ai soufflé mes bougies. Des bougies au garde-à-vous, plantées comme des soldats en uniforme rouge.

J'avais demandé par écrit une automobile sculptée avec de la pâte d'amande sur mon gâteau. Maman l'avait réalisée. Les roues étaient teintées en brun avec du café, le capot et les portes en vert grâce à de la menthe frottée dessus. Le minuscule volant, lui, était en sucre, un trait en forme de virgule fermée, on aurait dit du fil à coudre très fin. Elle avait caché cette pâtisserie sous une cloche en argent afin que la surprise soit totale.

Quand papa l'a retirée et que la voiture est apparue, j'ai battu des mains, de la même manière que je le faisais enfant, devant les spectacles de Guignol. Josef a applaudi aussi en criant : « C'est la plus belle du monde ! »

Je me suis levé et je suis monté sur ma chaise pour voir le gâteau de plus haut. Magnifique !

Mais maman a grondé : « Attention, Albert, c'est une sculpture, pas un jouet, ne sois pas brusque, c'est fragile ! »

Oncle Jacob a soupiré : « Ne t'emporte pas, Pauline, s'il te plaît, pas aujourd'hui, c'est une journée importante pour notre petit Albert. »

Grand-père a fusillé maman du regard et a brandi un « Non, Pauline, non ! »

J'ai compris qu'il lui avait parlé de son caractère trop dur.

Quel soulagement tout à coup ! Car elle m'a regardé bien droit dans les yeux, m'a souri et m'a murmuré avec douceur : « Pardon mon chéri, mon petit Albert, je m'emporte trop facilement. »

Elle s'est levée de table, s'est penchée sur moi et a embrassé mon front : « Mon petit garçon, je t'aime, tu sais, je suis juste maladroite. »

Elle est allée chercher mon cadeau caché dans le buffet de la salle à manger.

Tout le monde dans la pièce était ému.

Josef n'arrivait même plus à refermer sa bouche.

Elle m'a tendu un paquet emballé dans un beau papier, entouré d'un de ces rubans en satin orange brillant avec lesquels elle décore ses robes.

À l'intérieur, un immense livre de mathématiques recouvert d'une somptueuse couverture bleu nuit !

Je me suis senti emporté par une vague gigantesque d'euphorie.

Là, Grand-mère a déclamé :

— Albert a la bosse des chiffres et des problèmes ! Il faut écouter chez les enfants leur intérêt le plus profond, découvrir la passion qui vit en eux et qui n'a peut-être pas éclos. Un petit garçon ou une petite fille, c'est comme une fleur. Ils sont des bourgeons et le bourgeon doit se déployer.

— Tu l'aimes trop, a interrompu soudain maman. Tu ne lui trouves que des qualités. Il va finir par te croire et il fera encore moins d'efforts à l'école.

— Déjà qu'il a tous les défauts du mauvais élève, a ajouté papa. Il pique des colères quand on lui demande de faire ses devoirs ou si je lui impose une dictée...

— « Imposer une dictée ! » s'est énervée ma grand-mère.

Ses yeux ressemblaient à deux ciels pleins d'orage et ses rides de vieille dame étaient maintenant plissées autour de ses lèvres tels des rideaux.

— Ça ne marche pas comme ça avec Albert ! a coupé Grand-père. Votre fils n'aime pas la discipline, il a besoin de s'amuser pour apprendre !

Tout à coup, je ne m'y attendais pas, maman m'a pris la main sous la table pour me rassurer. Elle devait s'être aperçue qu'elle s'emportait trop. Comme c'était réconfortant de la voir capable de changer d'attitude. L'intervention de mon grand-père portait ses fruits.

À ce moment précis, Trouillard a bondi sur les genoux de maman. Avait-il compris ce qui se jouait autour de la table ? Josef prétend que les animaux sentent nos malheurs et nos bonheurs.

Ma mère n'a pas rejeté le chien. Elle a continué à me tenir la main. La sienne était aussi chaude que ces oisillons qu'on trouve parfois blessés sur le sol et qu'on prend dans notre paume avec délicatesse pour les renvoyer vers le ciel.

Trouillard a alors fait une bêtise, il a penché la tête vers la part de gâteau qui était devant lui dans une assiette et a mordu dedans.

J'ai eu peur que maman le fiche par terre en criant sur lui.

Mais rien ne s'est déroulé de la sorte.

Josef s'est mis à rire fort, Grand-père et mon oncle Jacob aussi.

Leur fou rire était si communicatif que Trouillard n'a pas été grondé.

Depuis, je me sens mieux, plus léger, moins angoissé.

Le rire, ça soigne mieux que les infusions puantes de Grand-mère.

$a^3/t^2 = \text{constante}$

$\sin^2(\alpha)+\cos^3(\alpha)=1$

$\lim \frac{\Delta p}{\Delta t} = F$

$= \frac{s}{t}$

22

ONCLE JACOB ME COMPREND

$\lambda 0 = c/v$

$T = mg\cos\alpha$

Hier, j'ai réussi à demander à mon oncle Jacob si c'était à cause de ma grosse tête que j'avais un amas de pourquoi dans ma tête.

C'est vrai, peut-être qu'un crâne carré ne peut pas émettre des mots agiles. Des mots ressemblant aux petits cailloux qu'on lance dans l'eau des rivières et qui font des ricochets.

Sans doute un crâne carré ne sait fabriquer que des mots qui roulent sur des roues carrées ? Des mots qui trébuchent, alors ?

Mon oncle Jacob, lui, me comprend. Il prend le temps de me faire répéter mes phrases. Alors, à force, ça pénètre dans ses oreilles.

C'est un art, la patience, je m'en rends compte à chaque fois que je le vois.

Si on est patient, on peut comprendre l'autre et on ne le juge pas.

Si on ne le juge pas, on n'est pas déçu.

On se dit juste que celui ou celle qu'on a en face de nous a des problèmes. Comme tous les habitants du monde.

Car personne n'est parfaitement heureux sur cette Terre. Même pas Josef avec sa belle figure et ses bonnes notes. C'est lui qui me l'a dit. Il a confiance en moi, Josef. Il a raison. Je ne le répéterai pas. Ce n'est pas bien de répéter les secrets, m'a raconté Grand-mère : « Quand on répète, Albert, on déforme et du coup, on ment sans même s'en apercevoir. »

Oncle Jacob est un fou de mathématiques. Il connaît les vecteurs et les racines carrées mieux que personne. Il collectionne même des équations dans son carnet. Il sait en résoudre beaucoup.

Il dit que je dois faire des pauses. Cesser de réfléchir : « Ton esprit, c'est une fête foraine, Albert. Il faut éteindre les lumières la nuit et calmer les manèges. »

— Penser, c'est bien, m'a-t-il expliqué, mais penser trop, c'est encombrer son crâne. C'est un peu comme un entonnoir qui se bouche si, d'un seul coup, on met trop de riz à l'intérieur. La quantité devient alors une grosse masse compacte. Et de cette masse, les petits grains n'arrivent plus à s'échapper. Chacun est retenu par un autre que lui-même, collé à d'autres. Tu comprends, Albert ? Oui, comme si tu voulais faire passer trop de noyaux de cerise dans un tuyau, ça bloquerait et ça boucherait. Tes syllabes ne doivent pas s'agglutiner mais sortir une à une de ta gorge pour se montrer au grand jour.

J'ai essayé d'expliquer à oncle Jacob :

— « Parfois, j'ai tellement de calculs dans mon cerveau que j'ai envie de décrocher ma tête et de la poser sur ma table de nuit. » Mais ça n'est pas sorti. À peine quelques syllabes.

— Tu sais Albert, ça m'est arrivé à moi aussi. Et ce problème s'est arrangé à l'adolescence, ne me demande pas de quelle manière ça s'est résolu, je ne sais pas. Tout ce que je peux dire, c'est que ça s'est arrêté d'un coup.

— Ah ?

— Je dessinais des animaux, des fleurs, Albert. Et toi, tu fais comment ?

— Je joue avec les chiffres, je fais du calcul mental ; tout de suite, ça va mieux.

C'est bien de parler avec mon oncle.

J'ai attendu qu'il poursuive, j'étais certain qu'il allait ajouter quelque chose.

Il a regardé ses mains quelques secondes puis il a relevé le visage vers moi et a planté son regard dans le mien :

— Ne t'inquiète pas, mon petit, un jour, tu vas te réveiller, et tu parleras comme tu fais pipi, aussi facilement.

— Comme je fais pipi !

— Oui, Albert, aussi simplement.

Nous avons tellement ri que, dans la foulée, je ne sais pas pourquoi ni comment, j'ai fait une phrase entière sans chuter sur un seul mot : « Oncle Jacob, tu as déjà entendu parler de la géométrie euclidienne ? »

Il a relevé les sourcils. Il avait l'air aussi surpris qu'un oiseau réveillé en sursaut par un chat gentil.

Il scrutait mon visage comme si j'étais un animal fantastique, une licorne ou un cheval ailé. Ses lèvres sont restées ouvertes une bonne minute. Il a enfin réussi à détendre son visage, je ne l'avais jamais entendu parler aussi joyeusement :

— Eh bien, c'est un grand jour, Albert ! Il aura suffi d'un immense fou rire ensemble pour que tu parles d'un trait ! Comme je suis fier de toi !

— J'ai dit une phrase entière... ça alors !

— Sans buter, sans bégayer, mon garçon, bravo !

— Je ne m'en suis même pas rendu compte, mon oncle !

— Tu vois, tu y arrives encore, ça coule tout seul, comme l'eau d'une rivière.

— Mais comment c'est possible ?

— Parce que tu es détendu, le rire t'a enlevé ton inquiétude, la peur de ne pas y arriver.

— C'est comme si les grains de riz ne s'étaient plus accumulés.

— Tout à fait, Albert.

— Ni les noyaux des cerises, oncle Jacob.

Il a ôté la chaîne de sa montre à gousset et me l'a tendue.

— Voilà l'heure à laquelle tes cordes vocales se sont assouplies. Regarde et souviens-toi toujours : midi dix. Quand tu as du mal à parler, dis-toi ces mots « il est midi dix », ça va te donner confiance et tu oublieras que tu as peur de ne pas arriver à finir ta phrase. C'est magique, tu verras. Essaie.

Il a placé le cadran précieux et sa chaîne dans ma main, a refermé mes doigts dessus avec douceur :

— C'est pour toi, mon petit Albert. Tu sais, je vais te confier un secret...

— Lequel, oncle Jacob ?

— Eh bien, m'a-t-il répondu, quand j'ai réussi comme toi à prononcer enfin une phrase entière, mon père m'a donné sa montre en cadeau. Nous venions aussi de piquer un fou rire tous les deux.

Un grand point d'interrogation s'est alors planté au fond de mon crâne : pourquoi un « trop doué » ne s'appelle-t-il pas un « surdoué » ?

J'ai questionné Jacob. Il a répondu : « Sans doute dans l'avenir, on trouvera un nom pour expliquer les capacités des "trop doués" comme toi. La psychologie n'en est qu'à ses débuts. Les études sur le cerveau sont compliquées. Nous ne sommes qu'en 1889, Albert. La science ne cesse de faire des progrès. »

Je dois être devenu très prétentieux car je me suis entendu prononcer ces mots : « J'aimerais bien aider la science à avancer plus vite ! »

Quel vantard je suis !

Aussitôt, pour faire diversion, j'ai tiré la langue.

« Qu'est-ce que c'est que ce tic, Albert ! Quelle vilaine grimace ! C'est irrespectueux, j'espère que tu ne fais pas ça à l'école ! »

J'ai fait « non, non » d'un mouvement de tête. Je n'allais tout de même pas avouer que je tire la langue au maître quand il a le dos tourné. Ça amuse toute la classe, du coup ça me fait rire aussi.

Oncle Jacob a repris : « C'est un signe d'irrespect, Albert, que de faire ça ! Il faut que tu apprennes à être plus vigilant dans ta manière de traiter les autres. »

J'ai couiné « oui, oui » et j'ai regardé ailleurs.

Car, à ce moment-là, Trouillard s'est approché de moi en tirant ses oreilles en arrière comme s'il voulait me motiver : « Tu vas y arriver, Albert ! »

$a^3/t^2 = \text{constante}$

$\sin^2(\alpha)+\cos^3(\alpha)=1$

$\lim \frac{\Delta p}{\Delta t} = F$

$= \frac{s}{t}$

23

QUAND MA MAMAN EST CALME, JE PARLE MIEUX !

$\lambda 0 = c/\nu$

$T = mg\cos\alpha$

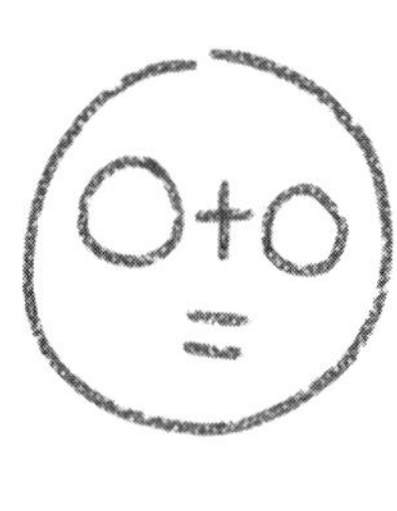

Depuis ce jour, je parle de mieux en mieux et maman est devenue encore plus gentille avec moi.

Elle admire les constructions que je réalise avec des petites brindilles, leur géométrie presque parfaite, mes calculs tracés au crayon sur des bouts de papier.

Elle me complimente : « C'est bien, Albert », « C'est fou ce que tu es doué, mon chéri ».

Oui, elle m'appelle à nouveau « mon chéri » et même « mon petit cœur » comme le fait Grand-mère.

J'aime bien l'entendre chuchoter « mon petit cœur », c'est une douceur qui entre dans tous les pores de ma peau et caresse mes pensées.

Parfois, je me dis que je devrais lui en vouloir car elle n'a pas toujours été adorable avec moi.

Mon oncle Jacob m'a dit :

— C'est un peu normal, Albert, elle a un caractère très fort, beaucoup plus que ton père, et elle aime que tout soit dans l'ordre. Quand tu parlais peu ou mal, elle culpabilisait. La culpabilité, c'est un monstre cannibale.

— Un monstre cannibale ?

— Oui, je vois ça ainsi, c'est un sentiment qui fait du mal et produit de la colère vis-à-vis de soi-même.

— Vis-à-vis de soi-même...

— Oui, on est triste et furieux à la fois contre soi-même parce qu'on pense avoir mal agi. Pauline a toujours cru que c'était de sa faute si tu avais ce problème.

— Mais elle n'y est pour rien, oncle Jacob !

— Non, mais elle s'est imaginée qu'elle t'avait mal appris à parler.

— Ça n'explique pas sa dureté...

— Elle renvoie sa colère vers toi sous forme d'agression. Les gens qui agressent sont souvent des personnes malheureuses qui ne savent plus être gentilles.

— Je comprends, oncle Jacob, tu sais beaucoup de choses.

— C'est de la pure psychologie, mon garçon !

— La psychologie, c'est l'art de comprendre ce qui se passe dans la tête de quelqu'un, alors ?

— Tout à fait, Albert, c'est l'étude de la manière de penser d'une personne, ainsi on peut comprendre ses comportements. Il y a un savant très fort qui travaille beaucoup sur cette discipline, c'est un Allemand qui s'appelle Sigmund Freud.

— Eh bien, tu es un bon psychologue, oncle Jacob. Tu saurais faire de la psychologie pour Trouillard ?

— Pourquoi, qu'est-ce qu'il a ?

— Il a peur des mouches.

Mon oncle a regardé Trouillard avachi sur le sol de l'entrée et a éclaté d'un grand rire sonore :

— Trouillard craint ce qu'il ne connaît pas, Albert !

— Il faut donc qu'il apprenne...

— Il va apprendre. Toute sa vie, on apprend à avoir moins peur, tu verras.

Ce que je l'adore, oncle Jacob, avec toutes ces connaissances qu'il a, et qu'il partage avec moi.

Il dit que c'est en s'identifiant aux autres qu'on peut leur pardonner. Ça s'appelle l'empathie.

Ce que j'apprécie le plus avec ma mère, désormais, c'est le soir. Elle me borde et, d'une voix tellement tendre, elle me raconte des vieux contes allemands.

Elle m'a même chuchoté à l'oreille que je devenais beau en grandissant.

Là, Trouillard qui décidément est un clown, a enfoui son museau sous ses pattes comme s'il se retenait de pouffer de rire.

Il n'y a que le maître d'école qui continue à me regarder de travers. Il faut dire que je ne lui fais pas de cadeaux, dès qu'il se trompe sur un problème mathématique, je me moque de lui et clame fort la bonne réponse.

Par exemple hier, il avait écrit sur le tableau « racine carrée de 81 multipliée par racine carrée de 36 divisée par racine carrée de 3 fois 3 » = 9 x 6/3 = 18 c'était tellement simple.

Il est très nul en calcul, monsieur Kellerlin, parce qu'il n'est pas concentré en ce moment. Il a écrit 54/6 = 9. C'était vrai mais ce n'était pas ce qu'il avait demandé. Il est étourdi.

Peu importe, puisqu'il ne me passe rien, je ne le rate pas : j'ai crié « C'est faux ! » devant toute la classe et j'ai expliqué mon raisonnement sans bégayer. Si Trouillard avait vu ça, il aurait été fier de moi.

$a^3/t^2 = \text{constante}$

$\sin^2(\alpha) + \cos^3(\alpha) = 1$

$\lim \frac{\Delta p}{\Delta t} = F$

$= \frac{s}{t}$

24

IL NE FAUT PAS ÊTRE PRÉTENTIEUX

$\lambda 0 = c/\nu$

$T = mg\cos\alpha$

24

IL NE FAUT PAS ÊTRE PRÉTENTIEUX

Grand-père m'a entraîné dans la cour, là où sont entassés ses cageots de pommes de terre. Il m'a pris sur ses genoux. Le velours côtelé de son pantalon brun était de la même couleur que sa moustache. J'ai demandé quand j'aurais moi aussi une moustache, « plus vite que tu ne le penses, Albert ».

— Tu t'es déjà intéressé à la lumière ? On dit qu'elle est un mouvement, a soufflé Grand-père.

— Oui, je l'étudie dans un livre.

— Qu'as-tu retenu ?

— Les étoiles, par exemple, sont lumière... Eh bien, ce sont des lumières déjà disparues, des lumières d'autrefois, de plusieurs centaines et même milliers d'années. Leur luminosité parvient à nos yeux maintenant car elle doit parcourir des milliards de milliards de kilomètres avant d'arriver jusqu'à nous.

— Tu sais tout ça... et tu le comprends ?

— Oui, Grand-père, ce n'est pas compliqué.

Grand-père est resté silencieux. Il a scruté le ciel. La nuit était tombée. La Voie lactée, tel un voile de lait, s'étalait au-dessus de nous.

Il a sorti sa petite boîte en fer pleine de tabac, un paquet de feuilles de papier à cigarette et en a roulé une en toussotant. Il l'a portée à ses lèvres puis il n'a plus prononcé une parole.

On n'entendait plus que le bruit des feuillages caressés par le vent.

Ça me plaisait bien ce silence entre nous. Je crois qu'on peut échanger des choses très intimes en partageant un long moment muet avec quelqu'un. Surtout si on scrute en même temps la voûte céleste. C'est magique.

Tout à coup, un cri d'oiseau nous a fait sursauter.

Nous avons quitté les étoiles des yeux et nous avons cherché d'où ça venait.

Rien alentour.

Grand-père m'a pris par la main pour me rassurer. Il inspectait les buissons, le sous-bois d'un air inquiet. Mais rien, aucun danger.

Sa paume me paraissait énorme ; une paume gigantesque chaude et puissante.

Tout est redevenu calme.

Il a posé sa main dans mon dos et est reparti sur le terrain des chiffres :

— Qu'est-ce que tu connais d'autre, mon petit-fils ?

— Oh, plein de choses, les quartiles par exemple.

Il avait l'air tout étonné. Sans cesser de caresser Trouillard, je lui ai expliqué :

— Les quartiles, c'est le fait de ne pas être obligé de séparer des données en deux parties égales mais en quatre. D'ailleurs, on peut faire des quartiles de série.

— Je ne comprends pas, mon petit.

— On peut imaginer un quartile supérieur au quart de la série, un autre supérieur à la moitié, là ça devient une médiane.

— Quartile, médiane... Ce sont de jolis mots...

— Il y en a d'autres que j'adore, Grand-père.

— Lesquels ?

— La parabole, les hyperboles.

— Qu'est-ce que c'est ?

— C'est l'intersection d'un cône droit et d'un plan parallèle à une génératrice du cône, ai-je lancé, enthousiaste.

— Je n'y comprends rien, mon petit.

— Je t'apprendrai. C'est le théorème d'Appolonius, Grand-père.

— Appolonius ?

— C'est un mathématicien grec qui a découvert tout ça bien avant la naissance de Jésus-Christ.

Le vieil homme paraissait abasourdi puissance 10 000. Son mégot en est tombé sur le sol.

— Tu es un trop doué... mais tu es peut-être aussi un génie...

— Un génie, moi ?

— Oui, c'est possible. Il n'y en a pas toujours dans un siècle mais peut-être que pour notre époque, c'est toi...

— Génie, ça me plairait bien, et ça me vengerait ! ai-je clamé. Il faut que j'aille dire ça au maître et aux garçons de ma classe qui me traitent de nul. Et je vais mettre une longueur d'avance à Josef !

Ses lèvres se sont crispées. Il s'est gratté le front. Il avait l'air anxieux d'un capitaine de navire pris dans une grosse tempête.

— Attention, ne sois pas trop content de toi, Albert ! m'a-t-il réprimandé.

— Pourquoi tu dis ça ?

— Il faut être humble. Tu es plus doué que les autres dans un domaine, ce n'est pas une raison pour que tu fasses ton malin.

Je me suis raidi. Pourquoi me reprochait-il ça ? J'ai répliqué :

— Mais je ne fais pas mon malin !

— Évidemment que si, Albert ! Quand tu trouves une solution ou que tu règles un problème plus vite que tes amis ou ta sœur, tu tires la langue ! Une manière de te moquer des autres !

— Mais non, c'est de l'humour, Grand-père !

— Ton humour, c'est surtout pour te rendre intéressant !

Je me suis renfrogné :

— Pas du tout, il me permet de m'amuser, j'ai besoin de plaisanter avec toutes ces choses sérieuses que j'apprends tout le temps.

— Je t'assure, mon garçon, ne deviens pas trop prétentieux, ce n'est pas bien. Écoute mon conseil, il te servira toute ta vie. Les amis sont là pour épauler, pas pour rabaisser. À deux, on s'élève toujours mieux que tout seul...

— Oui, je comprends, Grand-père.

Il a fouillé d'une main la poche gauche de sa veste en laine. Il a grommelé : « La prétention est un sale défaut, Albert, souviens-t'en toujours. »

Il a tendu sa main fermée vers moi et a dévoilé un cadeau : « Tiens, pour garder les pieds sur terre et aussi pour te porter bonheur, je t'offre ma boussole. Ne la perds jamais. Elle t'aidera à rester dans la bonne direction, et pas du côté de l'orgueil ! »

Une boussole ! Je n'en avais jamais vu.

L'objet est intrigant.

Quelle que soit la position dans laquelle je tourne le cadran, son aiguille indique le nord.

Comment un tel phénomène physique est-il possible ?

À quel calcul cela correspond-il ? Il faut que je comprenne sinon je ne dormirai plus.

Je vais en parler à Trouillard. Il est mon merveilleux confident. Mon plus fidèle ami. Je n'ai besoin de personne d'autre que lui. Josef me l'a d'ailleurs reproché : « Depuis que tu as cet animal, tu ne viens plus me voir, Albert ! Si tu continues comme ça, je vais me trouver un autre meilleur copain ! »

$a^3/t^2 = \text{constante}$

$\sin^2(\alpha) + \cos^3(\alpha) = 1$

$\lim \frac{\Delta p}{\Delta t} = F$

$= \frac{s}{t}$

25

J'AI ENCORE UN PROBLÈME À L'ÉCOLE !

$\lambda 0 = c/\nu$

$T = mg\cos\alpha$

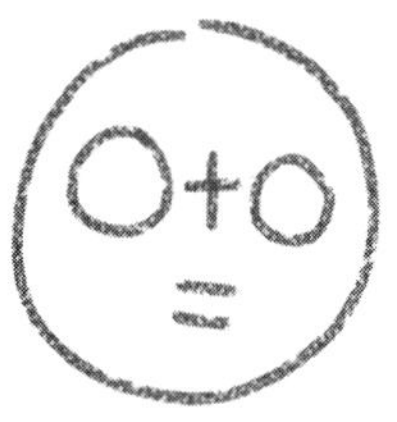

Maman recommence à me faire des réflexions désagréables.

Ça allait pourtant mieux entre nous depuis que je m'exprime bien. Elle n'en finissait d'ailleurs plus de remercier oncle Jacob de son aide.

Je ne comprends pas ce que j'ai fait.

J'ai interrogé mon père.

Il m'a confié que l'instituteur lui avait fait de vilaines remarques à mon sujet. Elle est donc très mécontente.

— Mais quelles critiques ? ai-je insisté.

— Tu t'es encore mal comporté !

— Mais quoi, papa ?

Que s'est-il donc passé pour que ma mère redevienne agacée comme ça ?

Qu'ai-je fait ?
Est-ce que j'ai dit des bêtises ?
Est-ce que je sens mauvais ?
Que lui a raconté le maître ?

— Si le maître est critique à ton sujet, a affirmé mon père, c'est qu'il a quelque chose à te reprocher. Fouille ta conscience, Albert ! Qu'as-tu fait de mal ?

— Mais rien, papa, je te jure, je n'ai jamais été aussi sage.

— Tu ne piques plus de colère ?

— Ah... si... me suis-je souvenu. L'autre jour, maman a oublié de mettre un goûter dans mon cartable...

— Et alors ?

— À la récréation, quand je m'en suis aperçu, j'ai demandé à Josef de me donner un bout du sien. Il n'a pas voulu...

— Pourquoi ? Tu es son meilleur ami, non ?

— Parce que Josef est jaloux. Il dit que je m'occupe plus de Trouillard que de notre amitié.

— Tu penses qu'il a raison ? a sourcillé papa.

J'ai réfléchi quelques secondes, le temps qu'un oiseau passe dans le ciel.

— Je crois bien, oui… Je ne le vois plus beaucoup… Entre les mathématiques à étudier, les conversations avec Grand-père et Trouillard dont je dois m'occuper, je n'ai plus beaucoup de temps à lui accorder…

— Tu ne t'es pas fâché quand Josef t'a dit ça ?

— Si, un peu… ai-je bougonné.

Mon père a posé sa main bien à plat sur son front comme s'il avait tout à coup de la fièvre :

— Oh, non ! a-t-il rugi. Tu ne t'es quand même pas jeté par terre en hurlant ?

— Ben… si, papa… Mais le maître est arrivé et il m'a donné des coups de règle sur les doigts, ça faisait mal. Je me suis débattu, il a trébuché et il s'est fait une entorse à la cheville.

— Oh ! Il avait donc toutes les raisons de se plaindre, Albert !

— Euh…

— Tu t'es excusé au moins ?

— Oui.

— Tu lui as écrit ?

— Non.

— Alors, quoi ?

— J'ai… j'ai…

— Quoi, Albert ?

— Je lui ai apporté un morceau de fromage pour me faire pardonner, un bout que j'ai économisé sur mon repas de la veille. Un cadeau pour lui...

J'ai bien vu que là, mon père a étouffé un fou rire. Il a baissé la tête pour se cacher. Puis il a relevé le visage vers moi :

— Un gâteau eût été plus approprié mais c'est déjà ça... Il a été content, ton maître ?

— Non, il n'a pas eu le temps. Un élève qui m'a vu le lui donner a hurlé en riant : « Kellerlin, le fromage qui pue ! » Et tous les autres ont scandé en tapant des pieds sous les tables : « Comme les pieds d'Einstein, Einstein a les pieds qui puent comme son fromage : le Kellerlin. »

— Et le maître a convoqué ta mère, Albert ! Ne sois pas étonné ! a râlé papa.

$a^3/t^2 = \text{constante}$

$\sin^2(\alpha) + \cos^3(\alpha) = 1$

$\lim \frac{\Delta p}{\Delta t} = F$

$= \frac{s}{t}$

26

ET VOILÀ QUE TROUILLARD DISPARAÎT !

$\lambda O = c/\nu$

$T = mg\cos\alpha$

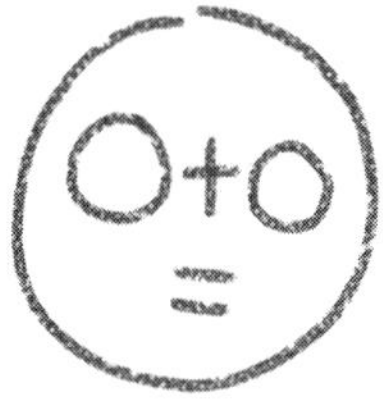

En ce moment, maman est si nerveuse que papa essaie de ne plus faire de bruit en mastiquant et que ma petite sœur évite même de laisser des miettes tomber sur le plancher. Chacun semble terrorisé.

Mais le pire dans tout ça, c'est ce chagrin qui me terrasse.

Ça a commencé hier. Alors qu'elle terminait son chignon, elle a décrété en jetant un coup d'œil vers Trouillard qui s'ébrouait :

— Ta bestiole a des puces, Albert ! Je ne veux pas de « ça » à la maison !

— Ce n'est pas une bestiole !

— Ça ? C'est quoi alors, si ce n'est pas une bête ? Tu ne vas pas commencer à prendre Trouillard pour un humain comme le font nos voisins, Flora et Kristian, qui appellent leurs bergers allemands « les filles » !

Mes poings se sont serrés, mes mâchoires se sont contractées. Une réplique de tonnerre est sortie toute seule de ma bouche, bien articulée :

— N'appelle pas Trouillard « ça » ! Ce n'est pas une chose, c'est un chien !

— Je préfère ne pas commenter. Tu vas encore nous faire une de tes légendaires colères ! a ricané ma mère en haussant les épaules.

— Tu m'énerves, toi ! ai-je osé.

Un rictus s'est installé au coin de ses lèvres. Elle a mitraillé d'un ton militaire :

— Encore un mot, Albert, et je te mets en pension !

Et elle a désigné Trouillard de son index menaçant :

— Et maintenant, fiche-moi cette bête dehors ! Et plus vite que ça !

— Non, pas question ! me suis-je rebellé.

Elle a filé vers le buffet pour attraper la poêle à frire et l'a brandie telle une raquette de tennis au-dessus de la tête du chiot : « Oust, sac à puces ! »

Trouillard a baissé les oreilles. Il avait peur, il tremblait, je l'ai pris sur mes genoux.

Il grelottait de plus en plus et a enfoui son museau dans le pli de mon pull-over. Je devais le protéger.

De la main gauche, j'ai saisi un plat en porcelaine et j'ai menacé de le balancer contre le mur.

Maman est restée debout, le bras en l'air, comme paralysée dans son mouvement : « Non, pas ce plat, c'est un cadeau de mariage ! » a-t-elle blêmi.

C'est là que Trouillard s'est mis à gigoter dans mes bras et qu'il a réussi à s'échapper. Il a bondi sur le plancher, s'est sauvé à toute vitesse et a sauté par la fenêtre.

J'ai hurlé : « Noooooon ! Nooooooon ! »

Je me suis précipité mais il était déjà en bas, allongé sur le sol.

Était-il mort ?

Mon cœur battait dans mes tempes.

J'ai hurlé : « Trouillard, Trouillard ! »

Ma mère m'a rejoint, s'est penchée, a crié : « Oh non, oh non ! »

C'est là que nous avons vu le chien se relever et filer en boitant.

Trois étages, c'est énorme pour un si petit animal.

Depuis je suis triste, et bien que maman ne cesse de me dire « pardon, pardon, mon chéri », je compte tous les multiples de trois que je trouve autour de moi.

Les assiettes : il y en a 12.

Les verres, 24.

Les dessins de fleurs sur la nappe, il y en a 99.

Et je fais des équations avec des pelures de pommes de terre.

Le calcul me calme. Et regarder Clara aussi.

Clara est une petite fille de l'école que je n'avais jamais croisée avant la semaine dernière.

Elle est belle, Clara, avec ses boucles rousses qui me font penser à l'automne quand il flamboie comme du feu.

J'aimerais bien tenir sa main quand je serai grand et me marier avec elle.

$a^3/t^2 = \text{constante}$

$\sin^2(\alpha) + \cos^3(\alpha) = 1$

$\lim \frac{\Delta p}{\Delta t} = F$

$= \frac{s}{t}$

27

TROUILLARD ME MANQUE TROP

$\lambda 0 = c/\nu$

$T = mg\cos\alpha$

Trouillard n'est pas revenu. Je ne l'ai trouvé nulle part.

C'est horrible, j'ignore s'il est vivant, blessé ou mort. Il me manque tellement. Ça me fait des nœuds dans le ventre quand je pense à lui. Et je pense à lui tout le temps.

Même la nuit quand je dors, je fais des cauchemars et je me réveille en nage.

Josef dit que lorsque son chat est mort, il a mis des mois et des mois avant de rire à nouveau : « Je le voyais partout, je pleurais tous les soirs et puis un jour ça s'est arrêté, je ne sais pas pourquoi, peut-être parce que l'été est arrivé. »

Je me plonge dans les mathématiques comme jamais.

Plus Trouillard me manque et plus je dois occuper mon cerveau.

Je suis obligé de le constater : si rien n'entre dans ma boîte crânienne, si je n'ai aucune énigme à élucider, mon cerveau devient une sorte de salade asphyxiée d'ennui.

Ma mère dit que ce n'est pas normal d'aimer un chien à ce point :

— Quelque chose ne tourne pas rond dans ton esprit, Albert !

— Normal puisque t'as dit que j'ai la tête carrée !

J'en ai marre qu'elle ne comprenne pas.

Marre qu'elle pense que je ne parle toujours pas bien alors que je parle beaucoup mieux grâce à oncle Jacob.

Marre qu'elle prenne plus que moi ma petite sœur sur ses genoux.

Marre qu'elle me regarde en fronçant les sourcils comme si j'étais de plus en plus idiot à mesure que je grandis.

Marre qu'elle parle à voix basse avec l'instituteur, qui ne m'aime pas, et qu'ils critiquent mes résultats ensemble.

Alors ça n'a pas raté.

Quand elle a encore articulé : « Il faut que tu te reprennes, Albert, et que tu cesses de penser à cet animal ! », j'ai rué. C'était comme si un cheval fou s'emballait dans mon ventre.

— Au moins, maman, les mots doux de Grand-mère, ça ne fait pas devenir gros !

— Ne me parle pas sur ce ton ! Je suis ta mère ! Tu me dois le respect.

Pour la première fois, une paire de gifles était partie. Un aller-retour de sa paume a brûlé mes joues.

— Personne ne m'a jamais autant excédée que toi ! Personne ! Même pas la mère de ton père qui était une des pires méchancetés de la Terre !

Dans la pièce d'à côté, un coup de botte a tapé fort sur le sol. Le plancher a vibré. C'était papa. Il avait entendu maman. Il a explosé : « Ça suffit de dire du mal ! Qu'est-ce que tu as donc à être aussi irritable, Pauline, nom d'un chien ? Suffit maintenant ! »

Ma petite sœur s'est recroquevillée sur son siège.

J'ai cru que maman allait répondre : « C'est Albert qui est insupportable ! »

Mais rien, elle n'a pas bronché, ne m'a pas dénoncé.

Je l'ai vue courber la nuque d'un air penaud et dire : « Pardon, Hermann, mon chéri, c'est ce mal de tête qui me tient comme une tenaille, ça me rend nerveuse, pardon, pardon. »

C'est là qu'elle a noué ses doigts autour des miens et a serré ma main pour me rassurer.

Elle souriait.

Une maman, ça peut donc tout pardonner à son enfant ?

Il faudrait ne pas laisser les parents se faire accuser à la place de leur sale gosse.

Maintenant, je m'en veux quand papa et maman se jettent des mots qui ressemblent à des sabres coupants : « J'ai encore dû faire quelque chose qui les contrarie. »

$a^3/t^2 = \text{constante}$

$\sin^2(\alpha) + \cos^3(\alpha) = 1$

$\lim \frac{\Delta p}{\Delta t} = F$

$= \frac{s}{t}$

28

J'AI RENCONTRÉ
UN NOUVEL AMI.
IL S'APPELLE MAX
ET ON A PLEIN DE POINTS
COMMUNS

$\lambda 0 = c/\nu$

$T = mg\cos\alpha$

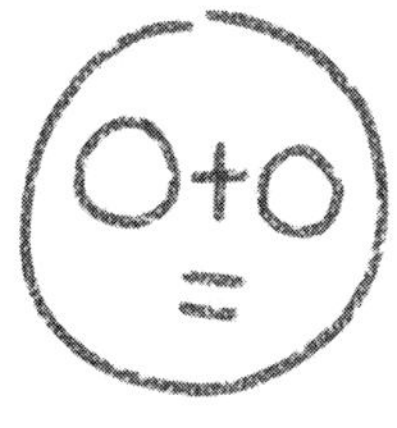

J'ai encore mal dormi cette nuit. Beaucoup de pensées me trituraient l'esprit : la disparition de mon chien mais aussi le fait que Clara se promène toujours avec un garçon pas beaucoup plus beau que moi. Je ne sais pas son prénom. Et je ne veux pas le savoir. Peut-être que c'est ça la jalousie…

Alors, j'ai allumé la lumière et je me suis redressé.

Je me suis forcé à imaginer quelque chose de gai : comment quelqu'un avait pu penser à inventer la lumière ?

Je n'ai pas trouvé de réponse mais j'ai réussi à me sentir mieux.

Heureusement, chez nous, vient depuis quelques jours un étudiant nommé Max Talmud. Il est juif d'origine polonaise. Il n'a pas beaucoup d'argent et ne mange pas toujours à sa faim. Mes parents ont décidé de l'inviter à déjeuner les lundis, mercredis et vendredis pour l'aider.

Ça me fait un peu oublier Trouillard. Mais pas assez pour être serein car je ne cesse de penser à lui.

J'espère qu'il va montrer le bout de son nez aujourd'hui.

— Max est juif, a dit maman. Il a la même culture que nous. Il vient d'une famille pauvre. Ça fait partie de notre mission sur Terre d'aider les autres. On doit être bon, sinon la vie n'a pas de sens, Albert, tu comprends ?

— Oui, je comprends, maman.

Max a 21 ans. Il mesure au moins un 1 m 95. Il est plus grand que Josef et il n'a pas les cheveux raides et les yeux clairs comme lui. Il est tout le contraire, bouclé et les pupilles couleur d'écorce d'arbre. Ce que j'aime le plus chez lui, c'est son sourire. Il est doux et donne confiance. On se sent tout de suite bien avec Max.

Il m'a confié que quand il était petit, lui aussi a trouvé un chien. Il l'avait appelé Deux-Fois-Deux car il était vraiment fou de calcul !

— Pourquoi pas Quatre-Fois-Quatre ou Dix-Fois-Dix, Max ? lui ai-je demandé.

— Parce que ma grand-mère appelait les chiens et les chats des « quatre pattes ».

— Ah, je comprends ! Donc, bien sûr, Deux-Fois-Deux !

— Et toi, comment tu as nommé le tien ? a lancé Max.

— Trouillard.

— J'adore ! Parce qu'il est peureux, c'est ça ?

— Oui, très, ai-je murmuré.

— Et qu'est devenu Trouillard ? s'est inquiété Max.

— L'autre jour, maman s'est énervée très fort, il a eu la frousse, il a sauté par la fenêtre.

— Oh là, Albert, tu me fais peur ! Il s'en est sorti ?

— Je pense car il a fui, loin, vers l'horizon. Mais peut-être s'est-il tout de même fait mal à la patte.

— Tu n'as jamais eu de nouvelles de lui ?

— Non, Max, jamais.

Max a commencé à se rouler une cigarette comme Grand-père. Je le regardais faire.

De combien de brins pouvait-être composé un paquet entier de tabac ?

Et quelle devrait être l'inclinaison d'une allumette pour que sa flamme s'éteigne le plus tard possible ?

Max s'est mis à fumer. De temps en temps, il forçait ses lèvres à dessiner un grand ovale et il recrachait la fumée en volutes rondes.

— Tu as cherché Trouillard partout, donc... a repris Max.

— Oui, dans les ruelles, sur le terrain vague, du côté des taillis. Mais pas de chien... Et toi, Max, ton chien trouvé, tu l'as toujours ?

— Non, mon père n'en a pas voulu. Le chien s'est sauvé un matin.

— Par la fenêtre ?

— Non, il est passé par la porte, je l'ai vu courir, il a disparu. J'ai su ensuite qu'il avait été adopté par les voisins.

— Tu as dû être triste...

— Oui, très triste...

J'en ai été immédiatement certain, malgré notre différence d'âge de 11 ans, 4 015 jours,

96 360 heures et de 32 120 carrés de chocolat avalés en plus pour lui si toutefois il n'en mange que 8 au quotidien, Max allait devenir pour moi un accélérateur de vie, il allait m'apprendre des tonnes de choses ! Il est si brillant, Max.

« Il y a des gens comme ça, dans la vie, m'a dit oncle Jacob, on les rencontre et en deux-trois minutes, votre existence s'en trouve plus enrichie. »

$a^3/t^2 = \text{constante}$

$\sin^2(\alpha) + \cos^3(\alpha) = 1$

$\lim \frac{\Delta p}{\Delta t} = F$

$= \frac{s}{t}$

29

LA GÉOMÉTRIE EUCLIDIENNE, C'EST MAGIQUE !

$\lambda 0 = c/\nu$

$T = mg\cos\alpha$

$0 + 0 =$

Max m'a confié qu'il a échappé à son immense chagrin d'avoir perdu son chien en se réfugiant dans la géométrie euclidienne.

— La géométrie euclidienne t'a fait du bien comment ? me suis-je aussitôt intéressé. Tu veux bien m'expliquer ?

— Oui, évidemment, Albert.

Il s'est levé de sa chaise et est allé chercher un ouvrage de géométrie. Il l'a ouvert sur des figures carrées, triangulaires, octogonales et il a commencé une leçon.

Avec lui, c'était encore plus facile que tout seul avec des livres. Il a pris une feuille de papier, puis une autre. Sa main droite dessinait et calculait à toute vitesse. On pourrait faire une course de rapidité avec lui car il va très vite, il est agile.

L'air sérieux, il m'a raconté :

— La géométrie euclidienne doit son nom à Euclide, qui a fait les premières recherches dans ce domaine. Je te donnerai un livre de lui. En fait, tu la connais déjà, Albert, sans le savoir. C'est une somme des connaissances qu'Euclide a rassemblées en son époque. Il y a des tas de notions que tu sais déjà.

— Lesquelles ? me suis-je passionné.

— La droite, la longueur, le plan... Tu vois ?

— Oui, très bien, et l'aire aussi, alors ?

— Tout à fait.

— Ce serait comme un espace ?

— Oui. Tu comprends ça ?

— Oui, je comprends.

— Et il n'y a pas que la géométrie euclidienne, tu es au courant, Albert ?

— Oui, je sais, il y en a d'autres... Quelle aventure !

— Oui, c'est le mot juste, une aventure ! L'expérience mathématique, c'est un champ infini ! Une liberté incroyable une fois qu'on a appris les règles !

J'étais heureux au point d'en pleurer. Il n'y a pas assez de mots pour exprimer mes sentiments à ce moment-là. Je le saisissais pour la première fois : les mathématiques peuvent produire des émotions comme la poésie ou comme le violon du voisin de l'étage au-dessus que j'aime tant entendre jouer et que j'aimerais étudier bientôt.

— Les mathématiques, ai-je dit, c'est comme un pré infini plein de fleurs qui seraient les chiffres, les points, les vecteurs, les équations et qui auraient des dizaines de formes possibles. Toutes se répondraient dans une grande musique, les chants de tous les oiseaux séparés mais réunis en une seule équation !

— Tu es incroyable, Albert, vraiment pas comme les autres enfants de ton âge !

— Oui, mais je ne dois pas devenir prétentieux m'a conseillé Grand-père.

— Il a tout à fait raison. Voilà un homme philosophe !

Quelle chance d'avoir rencontré Max Talmud. Mais dommage qu'il ne sache pas jouer du violon : « Ah, non, ça Albert, je ne peux pas le faire. Il te faudra un autre professeur ! »

Pour mon prochain anniversaire, je me suis promis de demander à mes parents cet instrument de musique qui me fascine et des cours particuliers.

Je n'ai pas beaucoup dormi cette nuit-là. Je ne cessais de me questionner : la géométrie euclidienne pouvait-elle nous donner des clés essentielles à la compréhension de l'Univers ?...

Je me suis demandé aussi : « Si je parlais de mathématiques à Clara, me regarderait-elle enfin ? »

$a^3/t^2 = \text{constante}$

$\sin^2(\alpha)+\cos^3(\alpha)=1$

$\lim \frac{\Delta p}{\Delta t} = F$

$= \frac{s}{t}$

30

JE VAIS ALLER VOIR JOSEF, ÇA FAIT TROP LONGTEMPS QU'ON NE S'EST PAS VUS

$\lambda O = c/\nu$

$T = mg\cos\alpha$

Aujourd'hui, j'ai décidé de faire plaisir à Josef.

J'ai donc demandé la permission à mes parents de passer l'après-midi chez lui.

Malheureusement, j'ai croisé Clara avec son copain moche, et j'ai eu envie d'aller casser la figure à ce pou. Je ne l'ai pas fait. Je veux oublier cette fille !

En sonnant à la porte de Josef, je me suis rendu compte à quel point il m'avait manqué.

Ça faisait 10 jours que je ne l'avais pas vu. 1/9 d'un trimestre ! 15 jours, c'est une moitié d'un mois, c'est 1/6 d'une saison ; si X est l'absence de Josef, si, par mégarde à cause du chien, je laisse s'accomplir 6 X le temps de l'absence donc 6 X Josef pourrait disparaître toute une saison de ma vie par ma faute et celle de Trouillard.

Du coup, si je continue dans ce sens, si je laissais 24 X, Josef aurait disparu 1 an et je n'aurais pas fêté mon anniversaire avec lui.

Sa maman avait préparé une tarte aux pommes. Elle est belle, sa mère, et elle a une voix si douce : « Mon petit Albert, oh la la, comme tu as grandi ! Et comme tu t'exprimes bien désormais ! »

Madame Biehl a pris un grand couteau et elle a divisé avec soin son goûter. D'abord en deux. Puis quatre. Puis huit. Puis en seize. Sûr, on allait avoir une toute petite part.

Josef s'est tout à coup redressé. Il s'est penché vers moi et a chuchoté, en colère : « Mais en combien de morceaux elle va la couper sa tarte ? Ça va faire des trop petits bouts ! » Puis il a ouvert la bouche plus grand et a enchaîné d'une voix forte : « J'en voudrais une grosse part ! »

Un hoquet est sorti de sa gorge. Il m'a fait penser à l'âne d'un cousin de papa. Mais je ne me suis pas moqué. On se fiche tellement de moi à l'école que je ne veux pas faire aux autres ce qu'on me fait à moi. C'est devenu ma philosophie.

Oui, on peut avoir une philosophie à 12 ans !

Moi aussi, je trouvais ça long et les morceaux de tarte que découpait madame Biehl étaient de plus en plus petits. Un chiffre a déboulé dans ma tête comme un coup de tonnerre : 8192 ! C'est sorti tout seul de ma bouche, net, sans bégaiement et sans peur, 8192 !

Josef fronçait les sourcils et me fixait comme si j'étais devenu soudain fou.

Madame Biehl a ouvert les yeux à la manière d'une marionnette, ses paupières semblaient tout à coup paralysées :

— Comment tu fais pour calculer aussi vite, Albert ?

— Eh bien, ça vient tout seul. Je n'ai même pas besoin de calculer, c'est comme si c'était écrit à la craie sur un tableau noir sous mes paupières.

— Ça tient du miracle, alors !

Je n'écoutais plus.

Des dizaines de chiffres virevoltaient tels des papillons colorés dans ma tête, c'était une pluie de nombres, une pluie délicieuse de formules avec les grand V des racines carrées, avec les petites flèches des vecteurs, tout un attirail de calcul qui caressait mon cerveau.

Une pluie qui donnait envie de faire de belles et grandes arabesques avec les bras, de dessiner des formules partout sur les murs.

— Tu as triché ? s'est soudain rebellé Josef.

— Mais, non ! Pas du tout !

J'ai failli me mettre en colère. C'est dur d'entendre dire qu'on triche quand ce n'est pas vrai : — Je n'en sais rien, moi, comment je fais. Ça vient tout seul dans ma tête sans même que je multiplie.

— Albert est simplement doué pour les chiffres, Josef ! a lancé madame Biehl. Il y a des gens comme ça, ils sont plus doués que les autres dans une matière.

Elle avait tout à coup l'air fatigué d'une tortue ayant parcouru cent mètres sur un terrain cabossé.

Josef s'est agacé :

— Même si tu sais calculer rapidement, j'ai de meilleures notes que toi en mathématiques. Alors arrête de faire ton malin, Albert !

Il s'est tu d'un coup et a changé net de conversation en demandant s'il pouvait reprendre de la limonade. Sa mère a rempli son verre et le mien en même temps.

Quand il ne saisit pas un problème, Josef préfère fuir les explications.

Tout le contraire de moi.

Après le goûter, on est montés dans sa chambre. Il a de la chance, il ne la partage pas avec son petit frère. Chacun a la sienne. Pas comme chez nous où Maja et moi avons la même.

La famille de Josef est riche. Son père est général dans l'armée allemande et son grand-père dirige la plus grande entreprise du pays, une usine qui fabrique de l'acier.

Comme ses parents ont de l'argent, Josef a plein de cours particuliers. Des leçons de sciences naturelles, de géométrie, de géographie, d'histoire.

Ça peut expliquer ses bonnes notes.

J'ai du mal à comprendre que ces gens gardent tous leurs biens pour eux seuls alors qu'ils pourraient nourrir deux dizaines de familles dans la ville. Il y a tant de gens pauvres ici.

Pourquoi la richesse n'est-elle donc pas partagée ?

Je n'arrive pas à me faire à l'idée que certains mangent tous les jours et d'autres pas. La vie est injuste !

Et puis, il y a un vrai plaisir à partager son goûter en deux pour en donner la moitié à un des petits de la voisine qui ne mange que des pommes de terre car ils n'ont pas un sou.

Sur le petit bureau de Josef placé à côté de son lit, des bulletins scolaires traînaient.

Quand il est allé se laver les mains, j'en ai profité pour les lire. Je suis un peu farfouilleur, et surtout très curieux.

Que des bonnes notes ! 10/10 en allemand, 10/10 en histoire, 9/10 en géographie, 9/10 en rédaction et même en sport, 8/10 en gymnastique, montée à la corde, barres parallèles, cheval d'arçons. Il y avait un commentaire du maître principal : « Félicitations de l'ensemble des professeurs ! Josef peut encore faire mieux avec un tout petit effort en mathématiques. »

C'est là que j'ai vu les résultats de mon ami dans cette matière : 2/10. La plus mauvaise note de la classe !

Alors, quand il est revenu dans sa chambre, je l'ai chahuté : « Josef, t'es un sacré vantard. T'es pas bon en mathématiques ! »

Ses joues sont devenues toutes rouges, elles paraissaient soudain être teintées avec la chair d'une framboise écrasée.

« En tout cas, je ne suis pas le dernier de la classe comme toi, Einstein ! »

Quand il m'appelle « Einstein » au lieu d'« Albert », c'est qu'il est furieux, Josef.

Ce n'est pas grave. Je ne lui en veux pas. Je sais ce que c'est d'être en colère.

J'ai dit au revoir à madame Biehl et à mon ami et je les ai remerciés de leur accueil.

En descendant les escaliers, j'ai croisé le papa de mon ami. Il portait un chapeau, une veste et une cravate sur sa chemise blanche. Je n'avais jamais vu de monsieur aussi bien vêtu.

J'ai murmuré un bref « bonjour », il m'a répondu et m'a aussitôt lancé :

— C'est toi, le petit garçon qui a perdu son chien ? Tu t'appelles Albert Einstein, c'est bien cela ?

— Oui... ai-je bredouillé.

— Ton chiot, il a des pattes noires comme s'il portait des chaussettes ?

— Oui !

— Je viens de prévenir tes parents, je l'ai vu courir dans la ville. Puis il a échappé à mon regard. Il faudrait que tu ailles voir dans tous les recoins...

J'ai pensé très fort : « Oh, si seulement le papa de Josef ne se trompait pas, pourvu que ce soit bien Trouillard. »

$a^3/t^2 = \text{constante}$

$\sin^2(\alpha) + \cos^3(\alpha) = 1$

$\lim \frac{\Delta p}{\Delta t} = F$

$= \frac{s}{t}$

31

À LA RECHERCHE DE TROUILLARD

$\lambda O = c/V$

$T = mg\cos\alpha$

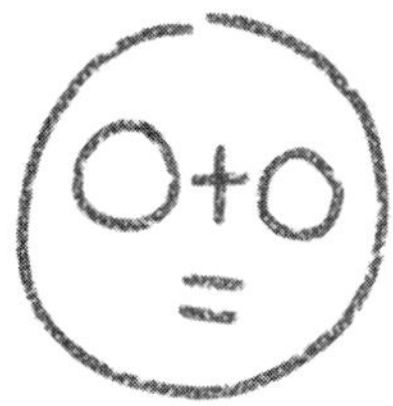

En sortant de chez Josef, j'ai foncé. Vite retrouver Trouillard.

Je suis allé au bord de l'eau, derrière l'église et derrière la synagogue, dans le château abandonné et j'ai longé toutes les allées du cimetière.

Je hurlais : « Trouillard, Trouillard, où es-tu ? Reviens, reviens ! »

J'ai regardé sous les charrettes, dans les tonneaux vides du vigneron, sur le toit de la bergerie, dans le foin des vaches à l'étable voisine. Mais pas de Trouillard.

Alors j'ai continué plus loin, dans des endroits plus dangereux, le long de la rivière. Et jusqu'aux taillis qui bordent la forêt. Toujours pas de chien.

J'allais me mettre à pleurer de désespoir et de fatigue quand, dans une clairière, j'ai aperçu l'instituteur. Il marchait en criant quelque chose que je n'entendais pas.

Monsieur Kellerlin, ah, non !

Je n'avais vraiment pas envie de le voir, méchant et injuste comme il était envers moi.

Je me suis caché derrière un grand chêne feuillu.

Il était ridicule dans son pull-over moutarde horrible, avec cette casquette à carreaux jaunasses.

J'ai pensé : « On dirait un sac de vomi à lui tout seul ! »

C'est là que je les ai distingués : ma mère, mon père, Grand-mère, Grand-père, oncle Jacob, Max...

Ils fouillaient les buissons avec des bâtons. Mais pourquoi ?

J'ai tendu l'oreille.

Qu'était-il arrivé ?

Je me suis mis à grelotter. Et si ma petite sœur avait disparu ? Ils sont à sa recherche.

D'un bond, je me suis précipité. J'ai hurlé : « Maman, papa, maman, papa ! »

Je pleurais tout ce que je pouvais.

J'étais prêt à tout donner pour retrouver Maja ; tout, mon sang, mes desserts de toute une vie, mes cadeaux d'anniversaire à venir, et même, je ne ferais plus jamais de mathématiques et de géométrie, s'il le fallait.

Ils m'adressaient tous de grands signes : « Viens, viens avec nous Albert ! »

J'ai couru, couru, bondi, sauté au-dessus des ornières et peu importe que je trébuche, que je sois essoufflé, je voulais être avec eux, aux côtés de l'instituteur car il était là, à parcourir des kilomètres auprès de ma famille pour retrouver ma sœur.

« Maja, Maja ! Que lui est-il arrivé ? »

Quand j'ai rejoint tout le monde, j'ai senti des larmes couler sur ma joue, mais pas des larmes de peine, des larmes de joie parce qu'elle était là, avec eux tous, Maja, ma petite sœur chérie !

Pendue au bras d'oncle Jacob, elle criait très fort avec eux : « Trouillard, Trouillard reviens, reviens ! Albert a besoin de toi, il t'aime, tu lui manques, allez montre-toi ! »

J'ai saisi la main de maman, elle a serré la mienne très fort : « Je suis sûre qu'on va retrouver ton chien. Le papa de ton ami Josef nous a prévenus, il pense l'avoir vu dans le coin. Et ton maître, lui aussi, nous a raconté avoir entendu dire que Trouillard était dans les parages. Croisons les doigts pour que ce soit bien lui ! Mais la description de ses pattes, ça correspond. Il n'y a plus qu'à y croire, Albert, et à fouiller ! »

Monsieur Kellerlin s'est rapproché, il m'a attrapé l'autre main et m'a chuchoté : « Un petit gars comme toi, c'est rare. Trouillard va réapparaître, tu vas voir. »

Il a tourné le visage vers mes parents et leur a proposé : « Si vous voulez, je peux prendre Albert sur mes épaules. »

Max a enchaîné : « Et moi, je porterai Maja. »

Il est incroyablement baraqué, monsieur Kellerlin ! Sur lui, je dominais tout le paysage.

Son cou large ressemblait à une poutre solide, j'avais le sentiment d'être assis sur un arbre qui marchait. Et surtout, je me sentais 100 % en sécurité et confortable, j'appelais avec tout le monde : « Trouillard, Trouillard, où es-tu ? Où es-tu ? ».

J'ai compris que je l'avais mal jugé. Et si je l'avais mal jugé, c'est parce que je n'avais pas pris le temps de l'observer.

Grand-père avait raison : il faut savoir ne pas condamner les gens sur une simple impression. Et apprendre à revoir ses positions.

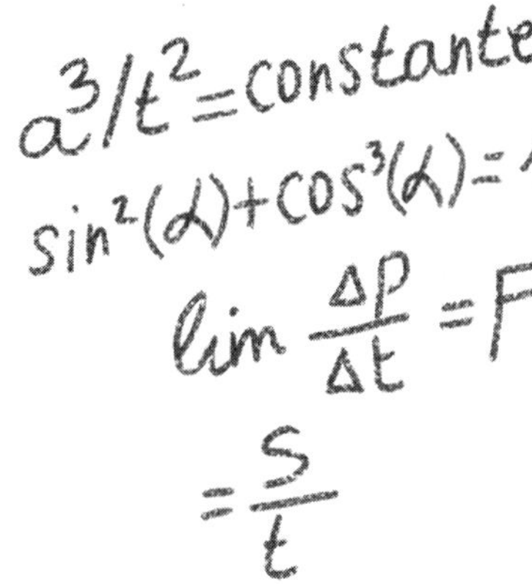

32

ET SI ON NE RETROUVAIT PAS TROUILLARD ?

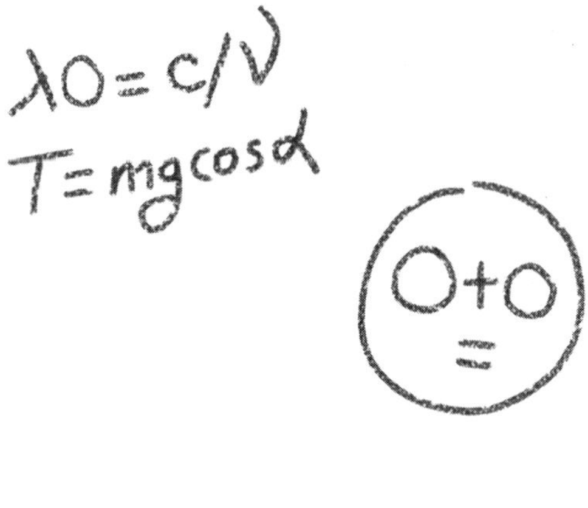

Nous avons avancé dans les broussailles.

Maman, papa, Grand-père, oncle Jacob et Max fouillaient les recoins, les fissures de la terre.

À un endroit, de frêles bouleaux se sont présentés telle une armée de cuisses d'échassier.

Papa nous a interpellés : « Il y a des traces ici ! »

Le maître et Max se sont penchés au-dessus des empreintes fraîches.

Les marques n'étaient pas celles de Trouillard mais d'un sanglier. Tous étaient d'accord.

Alors que le maître se redressait, j'ai failli tomber.

Rapide comme l'éclair, il m'a retenu d'une pression forte du poignet.

Il m'a dit : « Sois rassuré, Albert, je te tiens bien. Il y a beaucoup de bosses sur ce terrain mais tu es en sécurité. Ne t'inquiète pas. »

J'avais tellement craint de dégringoler que je me suis mis à claquer des dents.

C'est à cette seconde précise que le maître a lancé, pour que j'oublie d'avoir peur :

— J'ai appris, Albert, que tu avais croisé plusieurs fois ma fille et mon fils.

— Vous avez des enfants ?

— Oui, deux, il faudra que tu viennes jouer avec eux à la maison. Et puis, ma petite est si mauvaise en calcul, tu pourrais l'aider !

— Oui, bien sûr, monsieur Kellerlin ! Ils s'appellent comment ?

— Mon fils, c'est Sigmund.

— Comme Sigmund Freud...

— Bravo, Albert, oui, pareil !

— Mais je ne le connais pas...

— Si, tu le croises souvent.

— Ah bon ?

— Ils me l'ont dit.

— Je ne vois pas, monsieur Kellerlin... Non, je ne connais pas vos enfants.

— Mais si... Tu les vois souvent.

— Sigmund... et votre fille...

— Oui.

— Quel est son nom à elle ?

— Clara. Elle a une belle chevelure rousse. Tu vois qui c'est ?

— Euh, pas du tout, monsieur Kellerlin.

Ça alors ! Je n'allais tout de même pas lui dire que j'avais repéré Clara... « Il faut savoir ne pas montrer qu'on est trop intéressé par une fille... » Oncle Jacob l'a conseillé l'autre jour à Max dans la cuisine. Ils se racontaient des histoires d'amour. Curieux comme je suis, je les avais écoutés. J'adore épier derrière les portes.

J'ai pris l'air indifférent, il ne fallait pas déjà que je semble sous le charme de Clara.

Le maître a enchaîné :

— Clara apprend le violon, si tu veux, en échange de cours de maths, elle peut te donner des leçons, elle aussi.

— Le violon, mon rêve ! ai-je répondu.

Et nous avons continué nos recherches : « Trouillard, Trouillard, mais bon sang, où es-tu ? »

Il devait être au moins huit heures du soir quand papa a décidé : « La nuit tombe, il va falloir rentrer. »

Je n'ai pas pu me retenir de hurler : « Non, non ! Il faut le trouver ! »

Oncle Jacob a murmuré d'un ton terrible et triste : « Il va falloir te faire une raison, Trouillard a dû trouver une autre famille. » « Ou il a été dévoré par un loup », a couiné Grand-mère.

C'est là, à cette seconde précise, tandis que le coucher du soleil offrait une belle couleur orangée, que nous avons tous été stoppés dans nos mouvements et nos pensées.

Car il est apparu, battant de la queue, ne boitant presque plus, en bonne forme, la truffe toute bronzée à force d'être dehors, Trouillard, mon beau Trouillard, avec ses oreilles pointues et ses yeux de petit singe malin !

Il était accompagné d'une jolie chienne aussi blonde qu'un champ de blé. Heureux de nous la présenter, il émettait des jappements joyeux.

Comment allait-on appeler son amoureuse ?

$a^3/t^2 = \text{constante}$

$\sin^2(\alpha) + \cos^3(\alpha) = 1$

$\lim \frac{\Delta p}{\Delta t} = F$

$= \frac{S}{t}$

Épilogue

TOUT NE S'EXPLIQUE PAS, FINALEMENT

$\lambda 0 = c/\nu$

$T = mg\cos\alpha$

Maintenant je le sais, il y a de la relativité dans la sagesse.

L'instituteur a des sentiments qui créent de l'injustice quand il est fatigué et des sentiments qui créent de la justice lorsqu'il a bien dormi. Comme maman qui peut être agacée ou désagréable selon qu'elle a beaucoup de travail ou qu'elle a du temps.

Pour la même action que je fais, jouer en tapant trop fort des pieds ou manger une part de gâteau en cachette, elle peut s'énerver ou rire.

Ça dépend du degré de son agacement et de la puissance de sa fatigue.

Il faudrait les multiplier... en rajoutant peut-être la surface de l'état de sa santé...

Donc… faire une équation des mouvements du caractère des humains ?

Non, je ne crois pas que ce soit possible.

Maman a raison, tout ne se calcule pas.

QUE DEVINT ALBERT EINSTEIN ?

Albert a continué toute sa vie à aimer les mathématiques et à les explorer. Il a également étudié la physique et a fait de grandes découvertes dans ce domaine. Il est considéré comme le plus grand savant de tous les temps. Ce n'est donc pas surprenant qu'il ait obtenu un prix énorme en 1921 : le prix Nobel de physique.

Comme il aimait enseigner, il a donc été professeur de physique en Allemagne, en Suisse et aussi aux États-Unis. Mais, sois rassuré(e), il ne portait pas de pull-over couleur moutarde comme son maître monsieur Kellerlin !

Il faut que tu saches que c'est Albert qui a imaginé la théorie de la relativité restreinte et de la relativité générale qui a permis d'aider la science à progresser. Et aussi, qu'il a beaucoup travaillé sur des sujets compliqués tels que la mécanique quantique et l'effet photoélectrique que l'on étudie aujourd'hui dans les grandes classes supérieures. Tu découvriras ça bientôt !

Albert était également fasciné par le ciel, les étoiles, l'espace.

Il s'est donc lancé dans la cosmologie et a cherché à comprendre ce qu'était l'espace-temps. Ça aussi, tu l'apprendras dans quelque temps.

Le violon ? Bien sûr qu'il l'a appris. Il a été un bon musicien et a fait plaisir à sa famille et ses amis en en jouant souvent.

S'il tirait encore la langue, adulte ? Eh bien, oui ! Car c'était le roi de l'humour et il a toujours fait beaucoup de blagues.

Et, dernière chose, tu sais, c'est lui qui a inventé la fameuse formule que l'on ne sait pas toujours expliquer : $E = mc^2$!

ESSAIE DE RÉSOUDRE MES ÉQUATIONS !

ET SI TU ÉTAIS LE PROCHAIN
ALBERT EINSTEIN ?

ALBERT AIMAIT LES MATHS,
MAIS IL AIMAIT AUSSI S'AMUSER !
QUI A DIT QU'ON NE POUVAIT PAS FAIRE
LES DEUX EN MÊME TEMPS ?!
AMUSE-TOI À RÉSOUDRE CES QUELQUES
ÉNIGMES : PEUT-ÊTRE DEVIENDRAS-TU
AUSSI BON QUE ALBERT !

L'énigme d'Einstein

CETTE ÉNIGME A ÉTÉ POSÉE
PAR ALBERT EINSTEIN LE SIÈCLE DERNIER.
SELON LUI, 98% DES GENS SONT INCAPABLES
DE LA RÉSOUDRE. FAIS-TU PARTIE
DES 2% QUI SONT CAPABLES ?

BON COURAGE ET SURTOUT
N'ABANDONNE PAS !

Les faits :

1. IL Y A CINQ MAISONS DE CINQ COULEURS DIFFÉRENTES.

2. DANS CHACUNE DE CES MAISONS VIT UNE PERSONNE DE NATIONALITÉ DIFFÉRENTE.

3. CHACUNE DE CES PERSONNES
BOIT UN CERTAIN TYPE DE BOISSON,
LIT UN CERTAIN TYPE DE JOURNAL
ET A UN CERTAIN ANIMAL DOMESTIQUE.

La question : QUI A LE POISSON ?

Quelques indices :

1. LE BRITANNIQUE VIT DANS LA MAISON ROUGE.
2. LE SUÉDOIS A DES CHIENS.
3. LE DANOIS BOIT DU THÉ.
4. LA MAISON VERTE EST DIRECTEMENT À GAUCHE DE LA MAISON BLANCHE.
5. LE PROPRIÉTAIRE DE LA MAISON VERTE BOIT DU CAFÉ.
6. LA PERSONNE QUI MANGE DES GUIMAUVES ÉLÈVE DES OISEAUX.
7. LE PROPRIÉTAIRE DE LA MAISON JAUNE GRIGNOTE DU CHOCOLAT.
8. LA PERSONNE QUI VIT DANS LA MAISON DU CENTRE BOIT DU LAIT.
9. LE NORVÉGIEN HABITE DANS LA PREMIÈRE MAISON.
10. L'HOMME QUI DÉVORE DES CARAMELS VIT À CÔTÉ DE CELUI QUI A DES CHATS.
11. L'HOMME QUI A UN CHEVAL EST LE VOISIN DE CELUI QUI GRIGNOTE DU CHOCOLAT.
12. CELUI QUI MÂCHE DU CHEWING-GUM BOIT DU SODA
13. L'ALLEMAND MANGE DES BONBONS.
14. LE NORVÉGIEN VIT JUSTE À CÔTÉ DE LA MAISON BLEUE.
15. L'HOMME QUI DÉVORE DES CARAMELS A UN VOISIN QUI BOIT DE L'EAU.

RÉPONSE :
C'EST L'ALLEMAND !
MAISON 1 : JAUNE, NORVÉGIEN, EAU, CHOCOLAT, CHATS
MAISON 2 : BLEU, DANOIS, THÉ, CARAMEL, CHEVAL
MAISON 3 : ROUGE, ANGLAIS, LAIT, GUIMAUVE, OISEAUX
MAISON 4 : VERTE, ALLEMAND, CAFÉ, BONBONS, POISSON
MAISON 5 : BLANC, SUÉDOIS, SODA, CHEWING-GUM, CHIENS

Équation numéro 1

RÉSOUS CES ÉQUATIONS POUR TROUVER
LE CHIFFRE QUI SE CACHE DERRIÈRE
CHAQUE OBJET

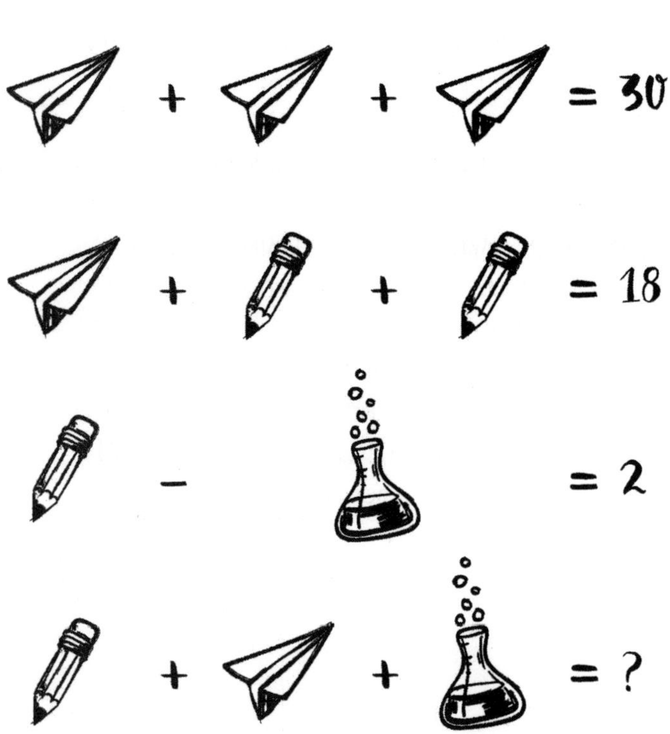

RÉPONSE :
L'AVION EN PAPIER VAUT 10 / LE CRAYON VAUT 4 / LA FIOLE VAUT 2 / LES TROIS VALENT 16

Équation numéro 2

AIDE-TOI DU CHIFFRE ASSOCIÉ À LA NOTE
POUR REMPLIR LE TABLEAU

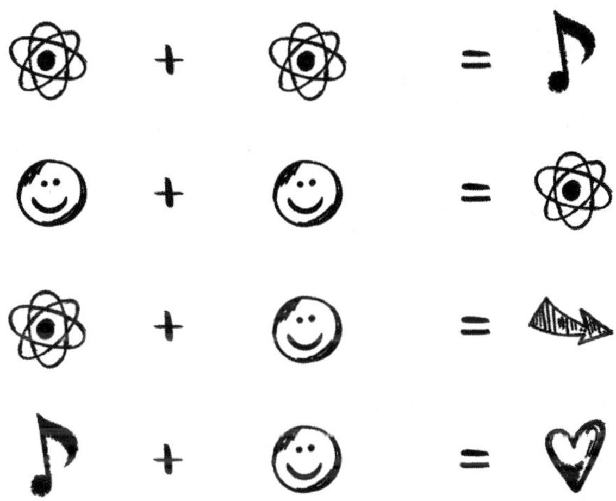

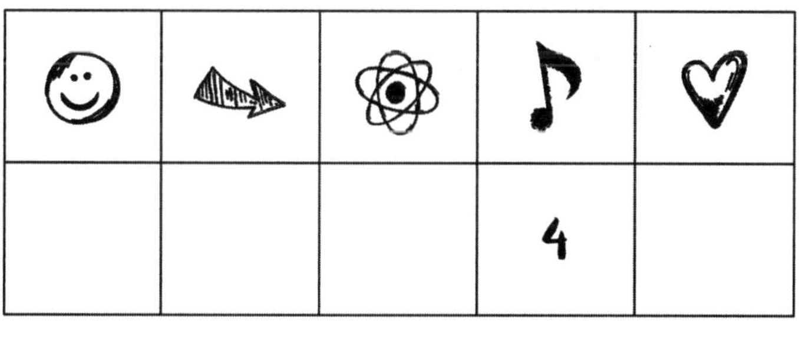

Réponse dans l'ordre :
1, 3, 2, 4, 5

Sudoku

FAIS TRAVAILLER TES MÉNINGES COMME ALBERT AVEC CES GRILLES DE SUDOKU

	8		2		9	5		4
				7		9		
	2		3		4			
	1	2	7					3
5		7		3		1		9
9					5	7	6	
			6		2		9	
		1		8				
2		6	5		3		1	

6				5	9		2	
	4		6	8			9	
		1				4		6
8	1				4	5		
4	3			6			7	2
		6	8				4	9
1		2				9		
	8			1	6		3	
	9		5	2				8

NORD COMPO
multimédia

Composition et mise en pages
Nord Compo à Villeneuve-d'Ascq

Dépôt légal: mars 2021
N° d'édition: L.01EJEN001825.N001
Achevé d'imprimer en février 2021 en Espagne par Liberdúplex